「美味しいですよ……咲良さんの、汚れたちん●」
「う、ぐ……ッ！」
　わざと咲良の羞恥心を煽るような言い方を、大槍はした。唾液に濡れたせいで熱くなった性器に冷たい息を感じ、その生々しさに咲良は泣く。　（本文より）

陵辱の再会

IZUMI MITO
水戸 泉

Illustration
亜樹良のりかず

SLASH
B-BOY NOVELS

この物語はフィクションであり、実際の人物・団体・事件等とは、いっさい関係ありません。

CONTENTS

陵辱の再会

1

警視庁公安部特殊調査課の朝は静かだ。八坂茂尋《やさかもひろ》は、剃《そ》り残した髭を撫でながら、眠そうに伸びをした。特調課のドアを開けて、のしのしと大股で部屋に入る。積み上げられた書類とパソコン、周辺機器とそれに繋がるコードで、室内はごちゃごちゃだ。

昨日までは整理されていたのに、たった一晩でよくこれだけ散らかせるものだと八坂は呆《あき》れた。散らかした犯人は、特調課で一番の若手である御崎友已《みさきともい》だろう。彼は散らかし魔だ。しかし、たった一人の『上司』の前では、散らかさない。

あの上司の前で、そんなことをする度胸のある部下はこの課にはいないし、多分警視庁全体を探してもいないだろうと八坂は思う。

案の定、件《くだん》の上司は不在だった。珍しいこともあるものだと、八坂は散らかし魔の御崎に声をかける。

「おい、大将、まだ来てねえのか」

「女王様なら今朝はまだです。珍しいですね」

パソコンのキーボードを叩きながら、御崎が答える。もしやまた仕事をさぼってゲームに興じているのではないかと八坂はディスプレイを覗《のぞ》いてみたが、御崎は真面目に仕事をしていた。どうやら先週の、長野山中廃校舎立て籠《こ》もり銃撃事件の資料を纏《まと》めているようだった。

御崎の頭に手を乗せて、八坂は諭《さと》した。

「おまえ、あの人の前で絶対それ言うなよ。後が怖いぞ」

「それってなんです」

御崎が、わざと惚けてみせる。それでも八坂は、念には念を入れておかないといけない。何せ、あの人こと咲良敦成《さくらあつなり》が臍《へそ》を曲げたら苦労するのは自分だからだ。

「女王様っての。言うなよ、絶対。あの人気にしてるぞ、顔のこと」

「不細工なら気にする権利あると思いますけど、キレーな顔してんだからいいじゃないですか」

「俺が知るかよ。キレーにはキレーなりの苦悩とかあるんだろ」

「そういうもんですかねえ。俺だったら喜んで刑事なんかやめて、芸能人とかになっちゃいますけど。そして酒池肉林《しゅちにくりん》です」

「あー、おまえはな。そういうタイプだよな」

御崎の髪をくしゃくしゃに撫でて、八坂は会話を終わらせた。彼らの上司である咲良敦成を『女王様』などと評した御崎も、なかなか可愛い顔をしていると八坂は一応、思っている。

(しかし、こいつも大将も、キャリア官僚なんだよなあ)

そういう八坂もキャリア組だが、如何《いかん》せん咲良や御崎はものが違う。御崎はまだ入庁一年目、階級は警部補で課内では一番下っ端だが、大学時代からハッキングの天才として鳴らし、わざわざ警視庁のデータベースをクラックして、それをお偉いさんに見せつけてこの部署への配属を叶えた『筋金入り』だ。御崎を含む数人の新人キャリアが、皮肉をこめて『恐るべき子供たち』と呼ばれていることは庁内に知れ渡っている。その恐るべき子供たちの筆頭を、顎で使う咲良敦成は、さしずめ恐るべき子供たちの元祖と言うべきか。咲良の出勤を待ちながら、八坂は室内を片づけた。

ふと顔を上げると、御崎がまるで気にも留めない様子でパソコンの画面に見入っている。八坂は、御崎をせっついた。

「おまえも手伝えよ。つうか、おまえが散らかしたんだろうが。今日、新しい人員配備されるんだぞ。人を迎えるのにこの散らかりようはねえわ」

「部屋を汚して怒られるより、僕には女王様の出勤前までに資料が揃わないことのほうが怖いんです。八坂さんならわかるでしょう」

「しかし、この散乱ぶりじゃあどっちみち怒ると思うぞ、咲良さん」

何事も完璧にこなす咲良は、課内を汚すのも許さない。男所帯なんだから、多少汚れているくらいが丁度《ちょうど》いいじゃないかと八坂は思っているが、恐ろしいのが半分、面倒くさいのが半分で口には出さない。

(あの人ももう少し小汚い格好して、無精髭でも生やせば痴漢にも遭《あ》わねえだろうに)

八坂は常々そう考えていたが、以前、新宿《しんじゅく》の某所へ捜査で潜入した時、小汚い(と自分では思う)髭面の自分も痴漢に遭ったことを思い出し、やっぱり何をしても遭う時は遭うのだなと考えを改めた。

片づけの合間に、八坂は窓の下の駐車場に視線を投げる。灰色のアスファルトで固められた駐車場は、折からのどしゃ降りでその背景を滲《にじ》ませている。梅雨は始まったばかりだ。この課では車で通勤する者が多い。咲良も多分に漏れず、車通勤だ。

いつもなら七時半には課に着いているはずだが、今朝はずいぶんとお出ましが遅い。八坂が知る限り、咲良は遅刻などしたことは一度もないから、何か不測の事態に巻きこまれたのではないかと心配になる。

それに今日は、新しい捜査官が一人、赴任してくる日だ。よりにもよってそういう日に、咲良が遅く来るとは考えられない。

(九時まで待ってみて、来なかったら電話してみるか)

警察官でも、所属が公安でなければここまで気を揉まなくて済むのになと、八坂はやれやれと肩を回す。まだ三十六なのに、すっかり四十肩だ。

公安一課から派生した特殊調査課、通称特調課は、その性質上、『政治的に面倒』な事件しか取り扱わない。昔から公安といえば、捜査員が『事故死』することも少なくなかった。

だからこそ課員の結束は固い。互いに助け合わなければ、一体いつ『面倒事』によって『事故』に巻きこまれるかわからないからだ。

選りすぐりのエリート集団などと呼ばれても、八坂は素直に喜べなかった。それでも腐らずに捜査官を続けているのは、少なからず咲良の理想に共感したからだ。

（咲良さん、三十一で警視正って、生き急いでやがるよなあ）

年下の上司である咲良の、華奢《きゃしゃ》な肩を思い浮かべるたびに八坂はなんだか不憫《ふびん》になる。不憫だなどと言ったら間違いなく殴られるだろうが、八坂にはどうしても、咲良が痛々しく見える時がある。年齢不相応に若く見える容姿のせいだろうか。否、それだけでもないと、八坂は思う。

華々しい経歴とは裏腹に、咲良敦成が警官として歩んできた道のりは、決して幸福ではなかったことを八坂は聞き及んでいた。

あれだけ生き急げば、年上の部下たちにやっかまれるのも当然だ。せめて自分が盾になってやりたいと、まるで出来のいい弟を思い遣《や》るように、八坂は咲良を思っていた。

時計を気にしながら片づけを終えた八坂の耳に、車のエンジン音が聞こえた。八坂は、聴力には自信がある。それが咲良の車なのだと、瞬時に聞き分けた。

再び駐車場に目をやると、確かに咲良の車だった。が、運転席に咲良の姿はなかった。

（誰だ、ありゃあ）

見知らぬ男が、咲良の愛車であるレクサスの運転席に座っていた。咲良自身は、隣の助手席に座っている。

咲良の横顔はなんだか少し、憔悴《しょうすい》して見えた。

咲良が朝、通勤してくるのに、他人に運転させるのは珍しい。私用で部下をこき使う官僚も多い中で、咲良はそのへんの線引きは生真面目だった。些《いささ》か潔癖すぎて見えるほどに。

駐車場に車を入れると、運転してきた男は先に車から降りて反対側に回り、咲良のためにドアを開けた。立って歩く男の姿を見て、八坂は改めて驚いた。

（でかい野郎だな）

咲良自身が百七十五センチと長身であるにも拘《かかわ》らず、その隣に並ぶ男は、頭一つ分近く咲良より大きい。恐らく男は、百九十センチ近いだろう。

八坂も百八十八センチと大きいから、自分と同じくらい、或《あ》るいはそれより長身の男にはどうしても目がいく。上背ばかりが伸びて骨格はやけに細いままの咲良と比べて、並び立つその男の筋骨は逞《たくま》しく見えた。スーツの厚い生地によって隠されていても、捕り物に慣れている八坂には一目でわかる。

男はフレームのない眼鏡をかけていて、顔だけ見れば大学の教員のような雰囲気だが、その骨格は明らかにデスクワークのみに従事する者のそれではない。

いずれにせよ、八坂には見覚えのない男だった。

長身の男が差し向ける傘に、咲良の横顔が隠れた。外は篠突《しのつ》く雨だ。

咲良が他人に愛車のハンドルを譲るのを見たのは、八坂もこれが初めてだ。不審に思い、八坂は無意識に髭を撫でていた。

咲良敦成は気難しく、極めて扱いにくい性格の持ち主だ。その咲良と上手くつきあえていることに、八坂は密かな優越感を抱いている。年下の上司である咲良を、上手く扱えるのは自分だけだという自負もあった。そのせいで八坂は、咲良に関する相談窓口にされることも多い。その自分ですら、咲良の車を運転したことはない。自分だけの特殊スキルを奪われたようで、八坂は年甲斐もなく軽く嫉妬《しっと》を覚えた。が、そんな大人げなさを恥じて、すぐに冷静さを取り戻す。

(馬鹿みてえに妬《や》いてる場合じゃねーな)

冷静に考えてみれば、咲良が仕事と無関係な人間とここに来るわけがない。ここへやってきたということはつまり、あの男は、今日配属される新たな課員である蓋然性《がいぜんせい》が高かった。八坂は改めて、新たな課員のプロフィールを思い浮かべる。

人違いでないならば、名前は大槍理人《おおやりまさと》。階級は警視。

警視クラスの人員が配されるのなら、きっとまたややこしい事件をやらされるのだろうと八坂は以前から予感していた。

それでも、自分の他に咲良と上手くつきあえる部下が現れたのなら喜ぶべきだと八坂は思い直す。これで少しは仕事が減るじゃないかと、前向きに考えようとしていた。

待つこと二、三分、駐車場から咲良が上ってきた。後ろに、さっきの男を従えて。

「おはよう」

「おはようございます」

咲良が部屋に現れると、八坂に続いて御崎も立ち上がり、挨拶《あいさつ》をする。数年前に創設されたばかりの特殊調査課は、現在、四人しか課員がいない。

それでもなんとか仕事を回せるのは、取り扱う件数が他の部署に比べれば少ないことと、咲良の差配によるところが大きかった。

四人で切り盛りする日々は今日で終わる。先月出された辞令の通り、咲良は新たな課員を連れて出勤した。

咲良は部屋を見渡すと、御崎に聞いた。

「座ったままでいい。菅谷《すがや》はまだか」

「はい。十五分ほど遅れると連絡がありました」

菅谷港《みなと》は、この特殊調査課で唯一、八坂より咲良との付き合いが古い課員だった。特殊調査課が設立される前、咲良が外事課にいた頃からの部下だ。色物揃いと陰口をたたかれる特殊捜査課で、唯一協調性に長け、『常識的』と呼ばれる人物でもある。目立つことをよしとはしない公安部で、最も『公安向き』なのは菅谷かもしれない。中肉中背、物腰も穏やかで平凡な顔立ち、とにかく彼は目立たない。

平凡を愛する菅谷は遅刻などしない。十五分遅れてくるだけでも青天の霹靂《へきれき》だが、菅谷はどこまでも菅谷らしく、十五分と連絡しながら五分で息せき切って駆けこんできた。

「遅いぞ、菅谷。新人さんもいるのに」

八坂が言うと、菅谷はハンカチで汗を拭いながら答えた。

「すみません、途中で車がエンストして……」

そう言いかけた菅谷の口が、途中で開いたまま固まった。視線は、八坂ではなく、その後方にいる人物へ注がれ、固定されている。

明らかに、菅谷は驚愕《きょうがく》していた。まるで、幽霊にでも出会ったような表情だった。菅谷は平凡だが、臆病な性格ではないし、動揺を容易に顔に出すほど弱くもない。だからその菅谷の反応に、八坂のほうも驚いた。

後ろに立っているのは、咲良と、咲良が連れてきた新入りの大槍理人だ。見慣れた咲良の顔を見て驚くはずはないから、菅谷はきっと、大槍を見て驚いたのだろうと思い、八坂は尋《たず》ねた。

「知ってるのか?」

「い、いえ」

菅谷はかぶりを振ったが、八坂の胸には拭いきれない違和感が残った。今のは、何かを知っている顔だ。

菅谷の驚愕を検証する前に、咲良が大槍を紹介し始める。

「本日付で配属された、大槍理人警視だ」

「よろしくお願いします」

咲良の紹介は極めて簡潔だったし、大槍の挨拶も短かった。朝の忙しい時間帯に長々と口上を述べられるよりは合理的だから、誰も文句は言わない。

お互いにあまり細かい干渉をしないのがこの特殊調査課の暗黙のルールであり、居心地の好さでもあった。

(本当にでかい男だな。俺や咲良さんよりでかい男なんて、日本じゃ久々に見るわ)

八坂は久しぶりに、人の顔を見るために視点を上方に固定するという体験をした。

(顔小せぇなー。八頭身ってやつか)

前髪を上げ、眼鏡をかけているせいか、大槍は咲良より年上に見えた。咲良が若く見えすぎるという事情も加味されるが、実際の年齢である二十七よりは上に見える。顔立ちそのものは優しげなのに、目つきは妙に冷たい。

『公安顔』だなと、八坂は品定めを終えた。それを差し引いても、同性の目からは嫌味に見えるくらいには色男だとも思った。

大槍理人の紹介が終わると、各自自分の仕事に入る。八坂が今追っているのは、先週発生した長野山中廃校舎立て籠もり銃撃事件だった。咲良が自ら、現場に赴いて指揮を執《と》った事件だ。立て籠もった過激派は、全員が内ゲバで死んだ。彼らは仲間の放った弾や、その流れ弾に当たって死んだのだとされていたが、真実はそうでないことを、検死官からの情報で八坂たち特殊調査課は気づいていた。

(警察の誰かが撃ったんだ)

犯人の遺体から検出された弾は、過激派の連中が自分で持ちこんだものではなく、警視庁で使われている弾だった。

なのに本部はそれを発表しない。どの媒体も報道しない。記者クラブに属さないフリーのジャーナリストが数名嗅《か》ぎ回っているが、まさか公安からリークするわけにはいかなかった。それはあまりにも、危険な賭けになる。

(連中に生きていられたら困る奴が、どっかにいるんだよな)

その『困る奴』が誰なのかを知ることが、彼らの第一の仕事だった。それが名もなき市民であ

るはずはない。捜査すれば必ず、虎の尾を踏むことになるのはわかりきっている。

この特殊調査課に現政権とのパイプがあるうちはいいが、政権が交代したら、捜査は即刻打ち切りになるかもしれない。彼らはそういう危うい橋を、いつも渡っていた。彼らが政治警察と呼ばれる所以《ゆえん》だった。

パイプ役は、咲良敦成だ。積極的に口には出さねども、咲良が巨悪をこそ憎んでいるのを八坂は知っている。だから黙ってついていく。軽いふりをしていても、御崎も同じ気持ちだろう。菅谷も例外ではない。特殊調査課の結束は固い。だからこそ警察機構の中で、自分たちは鬼子《おにご》なのだと自覚している。

(あいつは?)

八坂はふと、今日赴任してきた大槍のことが気になった。

大槍は、果たして自分たちほど、咲良の理想を信じているのか、と。

パソコンの画面に見入るふりをして、八坂は大槍のほうへ目を向けた。

ちょうど大槍は、咲良とともに部屋から出て行こうとしているところだった。きっと挨拶回りだろう。

二人の姿が、ドアの向こうへ消えていく。大槍は、守るように咲良の後ろに付き従っていた。

ドアが閉まる直前に、八坂は見た。

（あっ）

ギリギリで声を出さなかったのは、見間違いであると思いたかったせいだ。

咲良が足を縺《もつ》れさせ、蹈鞴《たたら》を踏んだ。そのまま転びそうになるのを、大槍の腕が抱きとめる。

それだけならば、なんということもない光景だ。咲良は右足が少し悪い。過去に負った怪我のせいだという。

（今）

今見たものを、八坂は頭の中で反芻《はんすう》した。

（足、引っかけなかったか？）

他人には知られぬよう、巧妙に。

大槍はその爪先を、咲良の足の行く先に、伸ばしていたように見えた。咲良はそれに、躓《つまず》いた。

大槍が、うっかりとそんな方向に足を伸ばすほど身のこなしが鈍そうには見えない。

（まさか、な）

わざと足を引っかけるなんて、そんな子供じみた悪戯《いたずら》をするはずがない。

考えた末、今の八坂にはそう結論付けるしかなかった。

2

雨の日に困るのは警察犬だけではない。人の古傷も痛む。仕事を終え、夜半、マンションの自室に辿り着くと、咲良敦成はようやく体の力を抜いた。

人前で弱味は見せたくない咲良は、痛みを他人に気取られぬよう、丸一日、平静を装って歩いた。それももう、限界に近い。治療は続けているが、仕事が立てこんでいる時は病院へ行けない。公安に出入りしている監察医に頼み、こっそりと痛み止めの注射を打ってもらい、なんとか保たせている状況だった。リビングのソファに足を投げ出し、咲良は苦痛に顔を歪《ゆが》めながら、やっと息をつく。

右足の、膝の裏。

そこに銃弾を浴びたのは、もう六年も前のことだ。

砕けた骨はなんとか治療できたが、未だ完治にはほど遠い。関節に後遺症が残るのは致し方ないだろうと、咲良も覚悟は決めている。

覚悟とともに、完治を望まない気持ちも、少なからずあった。

捨て鉢になっているのではなく、ただ、これは罰だと思う。罰がなければ罪を忘れてしまいそうで、咲良にはそのほうが怖ろしかった。

洗面所へ消えていた大槍理人が、タオルを手にして戻ってくる。咲良は、そちらを見ない。そもそもこの部屋に立ち入ることを、許した覚えがない。

咲良の黒髪から垂れる水滴を、大槍はタオルで拭った。それくらいは自分でできると拒絶したかったが、咲良は言えず、されるままになる。

タオルの収納場所は、パウダールームの抽斗《ひきだし》、一番上だ。この部屋へ引っ越してから一度も変えていない。

つまり大槍は、『覚えていた』のだろう。

出勤時は甘んじて厚意を受けるふりをしたが、人目のなかった帰宅時には、咲良は大槍の差し出した傘を拒んだ。

振りきれないのはわかっている。それでも逃げたかった。

髪が粗方《あらかた》乾くと、咲良は大槍を睨みつけ、今朝の愚行を責めた。

「下らないことをするな」

「わざとじゃありません。偶然です」

大槍は眼鏡を外し、テーブルの上に置いた。湿度が高いせいで、眼鏡は少し曇っている。

大槍の視力が、眼鏡がなくてもさほど支障がない程度に維持されていることは、咲良も知っている。なのに大槍は、眼鏡を欠かさない。

その理由について考えると、咲良の心は暗く沈む。

下らないこと、と告げただけで、大槍はそれが何を指しているのかを察した。つまり彼自身にも、あの行為が下らないという自覚があるのだろう。

大槍は今朝、わざと咲良の右足に爪先を引っかけた。まるで咲良の弱点をつくように。

曇った眼鏡を柔らかな布で拭いながら、大槍は言った。

「でも、心配ですから。これからは毎日、こうしてご自宅までお送りしますね」

隙のない笑顔でそう言う大槍が、咲良には少し怖ろしい。視線を合わせなくても、今、大槍がどんな顔をしているのかつぶさにわかる。

(昔は……)

こんな歪《いびつ》な笑い方など、しなかった。

大槍はとても素直な男だった。

咲良は、出会った頃の大槍を何度も、何度も思い出す。離れていた三年間、一日も忘れたことなどない。

大槍理人が、新人キャリアとして公安へ配属されてきたのは五年前の春だった。初めて大槍の姿を見た時、咲良は今朝の菅野と同じ表情をした。

あまりにも、似ていたからだ。大槍が赴任してくる前年に死に別れた同僚、小林信士《こばやししんじ》に。

小林信士は、咲良の高校時代からの親友で、大学も同じT大法学部で学んだ。同じ年なのに小林は、部下として咲良を支えてくれた。

巨悪を許さない咲良の理想に共鳴してくれた、初めての人間だったと同時に、気難しい咲良にとっては、唯一心を許せる相手だった。

その小林が死んだのは、自分のミスだったと咲良は思う。咲良を今でも苦しめる足の痛みは、その時に負った傷によるものだから、死ぬまで痛み続ければいいとも思っている。咲良にとってそれは、贖罪《しょくざい》の証《あかし》だった。

もちろん咲良は、その執着が馬鹿げていることを自覚している。だから治療は怠《おこた》らなかったし、そんなことは誰にも言わない。

咲良は瞼を閉じて、小林の顔を脳裏に描く。五年前、大槍が現れるまでは確かに思い出せたその顔が、今では大槍の面差しとだぶってしまう。

二人は、あまりにも似すぎていた。

今の特殊調査課のメンバーで、小林の顔を知っていたのは、菅野だけだ。だから菅野は今朝、『幽霊に出会ったような』顔をした。

小林が殉職し、補充人員として外事課に着任してきた大槍を見た時も、皆同じような顔をしたのだ。

小林がとある事件で死亡した後、当時の外事課は事実上解散させられ、まったく新しい顔ぶれで構成し直された。当時の外事課の課員は全国に散らされており、二度と同じ課で働くことはないだろう。

咲良の指示の下で、彼らは虎の尾を踏みすぎた。もちろん、咲良自身も。

五年前の大槍は、今と比べてまだ少し子供っぽかった。

少なくとも咲良の目にはそう見えた。それもそのはず、大学を出たての二十二歳なんて、咲良に言わせればまだ子供も同然だ。実際大槍は警察官僚にさせておくには些か心配になるほど無邪気で、人懐こくて、咲良を驚かせることも多かった。但《ただ》しそれも、三年前に終わっている。

大槍は入庁してくる前から、咲良敦成に憧れていた。咲良に憧れて警視庁キャリアを目指したのだと、はっきりと告白した。

そういう新人は珍しくなかったから、当初は咲良もどうとも思わなかった。二つの大きな疑獄《ぎごく》事件に関わった咲良敦成の名は、警視庁内でもよく知られていた。

あの頃の大槍は、大きな犬のようだった。咲良といるだけで嬉しくて、幸せで、目には見えない尻尾が風を切って振られているのが感じ取れるような有様だった。しかもそれが卑屈には映らない、得な性格をしていた。育ちがいいせいか、大槍の言動には嫌味がなかった。

あの頃の大槍は、掛け値なしで可愛かったと咲良でさえ思う。実際、警察官としての大槍を育てたのは咲良だった。

咲良は大槍に、ずいぶん目を掛けた。

大槍はただ懐くだけの犬ではなかった。少々子供っぽいところを除けば、大槍は咲良に、いずれは自分の後継に据えたいと思わせるだけの資質を備えていた。大槍には、物事に動じない肝《きも》の太さがあった。

だからこそ咲良は何よりも、『大槍が小林に似ている』という事実を大槍に知られることを怖れた。

無論、人の口に戸は立てられない。誰かが、お前に似た捜査官がいたのだと大槍に教えた。それでも、ただそれだけの情報ならば咲良も怖れはしなかった。ただ、見た目が似ているだけならいい。それだけなら、なんの問題もない。

ソファに体を預け、咲良は目を閉じたまま回想を続けた。酷く、疲れていた。

小林もきっと、自分を親友だと思ってくれていたはずだ。最期まで。

気づかれなくて、よかったのだ、と。

自分が小林に対して抱いていた疚《やま》しい感情に、小林は気づかぬままに逝ってくれた。そのことだけは、今でも本当によかったと咲良は信じている。

知られたら、生きていけないと思っていた。

高校時代からの唯一無二の親友を失うのが、咲良は怖かった。仕事上でも、小林を失うことは大変な痛手だった。

女を好きなふりをすればいい。

それくらい、いくらでもできる。咲良にはその自信があった。

咲良は女にも、よくもてた。但し躰《からだ》だけは正直で、女が相手では勃起することができなかった。咲良はそれを、勃起不全なのだと女には告げていた。

咲良が寝る相手は、いつも男だ。そういう時は必ず、少しでも小林に似た男を選んでいた。それは咲良の、最大の秘密だった。

だからこそ、大槍の出現は咲良を動揺させた。咲良は職場で漁色《ぎょしょく》するほど無分別ではない。第一、自分が男性同性愛者であることを知られること自体がプライドに拘った。

咲良はじっと、湿った自分の手のひらを見た。

咲良にとって男の肉体など、忌避すべきものであるはずだった。そうなるべき『理由』も、咲良の過去にはあった。けれども女の肉体は、咲良にとってはさらに受け容れられないものとなっていた。理性ではなく、生理的にどうしても、受け付けられないのだ。

古くさい考えだと言われても、警察界隈は未だ旧態依然とした価値観で回っている。自分が同性愛者だと知られることで、出世を棒に振るのも咲良には馬鹿馬鹿しかった。

肉欲を満たすだけなら、適当に安全な相手を見つける方法はあった。

つまり、咲良にとって大槍だけは『絶対にない』はずの相手だったのだ。大槍だけは、咲良には汚してはいけない、汚せない相手だった。

その垣根を壊したのが、たとえ大槍自身であったとしても、咲良の気持ちは変わらない。

顔に、髪がかかる感触に、咲良は目を開けた。

大槍の顔がすぐそこにあった。

咲良の髪を先に拭いて、彼自身の髪はまだ濡れたままだ。

小林と同じ、少し茶色い、細い髪。

前髪を上げているのは、少しでも年長に見られたいためだと大槍は以前言っていた。決して幼い顔つきではないのに、大槍は自分が若く見られることを徹底的に忌避していた。多分、咲良との年齢差を、気にしていたのだろうと今なら咲良もわかる。咲良自身も年齢不相応に若く見られがちだから、気持ちは理解できた。

三年の間、離れているうちに、大槍は少し頬がこけた。

痩せたのかなと咲良は心配になる。以前、大槍は「太りやすい体質なんですよ」と気にしていた。実際に大槍が太ったところなど、咲良は見たことがないけれど。

異動先で、頬がこけるほど不運だったのだろうかと、咲良は悲しく思う。そこに大槍を異動させたのは、自分だからだ。

大槍の面差しには、三年前の甘さがない。すっかり男の顔になっていた。三年前とは、まるで別人だ。

あの頃の彼はもうどこにもいないのだと、思い知らされる。

重ねようとする唇を、咲良は片手で押さえて止めた。

「……侑子《いくこ》さんは、どうしているんだ」

ずっと気になっていたことを、今、咲良は大槍に尋ねた。松本《まつもと》侑子は、警視総監の娘だった。

彼女を大槍に引き合わせたのは、他でもない咲良だ。

咲良の手のひらの下で、大槍は唇を歪ませて笑った。

「とっくに別れましたよ。まさか、知らなかったんですか」

手のひらで遮蔽《しゃへい》されているせいで、声が少しくぐもる。舌が、微《かす》かに手に触れた。熱いものにでも触れたように、咲良は手を離す。

侑子と大槍がその後どうなっていたのか、咲良は本当に知らなかった。あえて、確かめなかった。耳に入れないようにしていた。

怖かったからだ。

北海道に異動させられた大槍と都内の実家に住む侑子では、遠距離恋愛にはなっただろうが、それを契機に、二人が結婚することを咲良は望んでいた。そうあって欲しかった。

独身では出世に不利だ。自分の二の舞を大槍に踏ませたくなかったし、侑子は最上の相手だったはずだ。

(違う)

咲良の、薄い唇が微かに歪んだ。それが欺瞞《ぎまん》であることは、とっくの昔に自覚している。

咲良は、大槍が怖かった。小林と同じ顔で微笑まれるのが、恐ろしかった。

小林と大槍には、決定的な違いがあった。小林が決して咲良には向けなかったある種の熱を持って、大槍は咲良を見ていた。

それが自惚《うぬぼ》れではないと知ってしまったから、咲良は大槍に女を宛《あて》がった。出世のためになる、おまえのためになると、偽って。さらに念を入れて、大槍を異動させた。それだっておまえのためだと言えないこともない。帰れば相応のポストが用意されている異動だ。

なのに大槍は自らの意志で、再び咲良のもとへ帰ってきてしまった。

全部おまえのためなのだと、咲良は巧《うま》く、大槍を説き伏せたつもりになっていた。

だからこそ大槍がますます歪んだのだとは、咲良はまだ、認めていなかった。

本心では大槍を、女になどくれてやりたくないと思っていたのは咲良のほうだ。それでも侑子を紹介したのは、自分から大槍を引き離すためだった。その上出世の役にも立つのなら、最高じゃないかと咲良は自嘲《じちょう》的に思っていた。

咲良は、両手で顔を覆った。実際のところ、咲良にだってわからないのだ。咲良の心には、死んだ小林の影が棲みついている。

それを振り払って前へ進む勇気が、咲良にはない。それは罪だと思う。小林を死なせた自分が、小林に似た男との幸福を貪《むさぼ》ることが、咲良には許せない。小林だけでなく、大槍に対してもそれは不実であると思う。

自分こそが女のようで、浅ましいと咲良は呪う。女のように、大槍を求めたくなる自分が、許せない。

咲良の手首を摑んで、大槍は自分の口元に引き寄せた。

「女を譲られて、喜ぶとでも?」

梅雨の冷気が籠もる室内に、咲良は視線を彷徨《さまよ》わせる。

女を譲るなどというつもりは、咲良にはなかった。けれど。

「抱いたら、イく時に貴方の名前を呼んだんですよ。そんな女と結婚なんてできるわけないじゃないですか」

「…………」

すまない、と言いかけて、咲良は口を閉ざした。侑子が、自分へ微《かす》かな想いを寄せていてくれたことに、まったく気づいていないわけではなかった。

それでも、同性愛者である自分よりは、絶対に大槍のほうが彼女を幸せにできると信じていた。自分は、彼女を抱くことはできない。それに、キャリアや年齢を鑑《かんが》みても、大槍は申し分ないのだ。ルックスだっていい。決して厄介払いをしたつもりはなかったし、周囲の誰も、そんなふうには思わなかっただろう。

ただ一人、大槍自身を除いては。

咲良がよかれと思いしたことは、恐らくいつでも、大槍の心を引き裂いてきた。

大槍の唇に触れさせられている指を、咲良は引こうとした。

が、大槍はそれを、離さない。

摑まれたままの手首を引かれ、また、キスされそうになる。咲良は顔を背けた。

「……よせ」

「まだ拒む権利が、貴方にあるとでも？」

大槍のそれは尋問する口調だった。

顔と、声色だけは優しくても、明らかに責める口振りだ。咲良にはそれを理不尽だと怒る権利もない。

自分がこの男に対して犯した罪が、一つや二つではないことはわかっていた。

決して陥《おとしい》れたかったわけではない。むしろ、逆だ。

この男にだけは、幸せになって欲しかった。小林を除けば、初めて心から愛おしく想った相手だった。

どこか、自分の手の届かない場所でもいいから。

知らない誰かとでもいいから、とにかく幸せになって欲しかった。

それが咲良の、紛う方なき本音であり、犯した罪だった。

(――――――愛している)

と、咲良は思う。小林と同じ顔をしたこの男を、精一杯の誠意ではなく不実から、愛していると。

今度は唇が重なる。身長差はさほどでもないが、体重差はだいぶある。咲良も決してひ弱ではないが、体術、逮捕術で何度も表彰されている大槍と争うのは、土台無理な話だった。

無理矢理重ねられた唇に噛みついたことは、過去に何度もある。けれど、無駄だった。大槍は傷つくことを厭《いと》わない。逆に咲良は、大槍を傷つけることを極度に怖れている。最初から勝敗は決まっていた。

『心とか感情とか、そういう形而上《けいじじょう》的なものなら幾ら傷つけても血が見えないから、楽でしょう』

かつて大槍は、そう言って咲良を責めた。犯されても、背中に爪さえ立てなかった咲良への皮肉だろう。

大槍の唇は少し荒れていた。乾いた唇が、捩《よじ》れるように深く咲良の口唇を塞ぐ。歯が、軽くぶつかる。大槍に犯されるまで、咲良はこういうキスをしたことがなかった。求められても、誰にもさせなかった。

大槍は片手で、器用にネクタイを解く。咲良はその胸板を押し返し、せめてもの条件を出した。

「……シャワーを」

ネクタイは外された。次はズボンのベルトだ。それを外される前に、咲良は言いたかった。

「浴びさせてくれ」

このままでは嫌だと、咲良は言った。

咲良には潔癖性のきらいがあった。大槍が清潔好きであることは、咲良にとっては好ましい特質だった。

自らシャワーを浴びたいと願う咲良の頬を、大槍は愛しそうに撫でた。

「大人しいですね」

「…………」

応じないが、抗《あらが》いもしない。まるですべてを諦めたように、咲良は虚空《こくう》を見上げている。頬を撫でていた手を顎に移し、大槍は咲良の顔を自分に向けさせる。

「でも俺は、貴方のことなんか欠片も信じていませんから」

愛していても、信じてはいないのだと。

胸に刺さる言葉を、もう何度も、咲良は大槍に言われていた。

咲良は過去に、シャワーを浴びるふりをして大槍から逃げたことがある。

「シャワーは後です。どうせ二度手間だ」

咲良は歯を食いしばり、シャワーを浴びずに抱かれることを受け容れた。

シャツのボタンが外され、薄い筋肉に覆われた胸板が露《あらわ》にされる。

どれほど精進しても、咲良の肉体はこれ以上筋肉を保持することができなかった。もともと体格には恵まれていない。思春期以降、伸びたのは上背だけだ。

咲良よりもだいぶ大きな手のひらが、暴かれた胸の上を這う。昨夜、咲良は三年ぶりにこの男に無理矢理抱かれた。散々嬲《なぶ》られた胸の突起は、未だ熱を持っていた。

「咲良さん……」

耳元に、唇が当たる。大槍は熱っぽく咲良の名を囁く。

「咲良さん……咲良さん……」

咲良の肉体をまさぐりながら、何度も名前を呼ぶ。その声だけは昔に戻ったように甘く、優しく咲良の耳に響く。

大槍は顔をずらし、咲良の髪の匂いを嗅いだ。この程度ならまだいい。咲良にも、耐えられる。

「いい匂い」

睦言《むつごと》のように言って、大槍は咲良の胸板に顔をうずめる。脇腹から腋まで舌を這わされて、咲良はぞくりと背筋を粟立《あわだ》たせる。

大槍の顔が、いよいよ下へ沈んでいく。咲良はぐっと息を詰めた。

ベルトが外され、下着ごと膝まで下ろされる。

片足だけ残したまま脱がされるのは、酷い屈辱だった。だったらいっそ、全裸にされたほうがマシだ。

薄闇の中で、大槍は咲良の陰茎に顔を寄せる。咲良のそれは、はっきりと頭を擡《もた》げていた。咲良は羞恥に、腕で顔を覆う。大槍が、熱くなったそこにふっと息をかける。咲良は声を出しそうになる。

「昨夜、あれだけ搾《しぼ》ったのに」

可笑《おか》しそうに言いながら、大槍は咲良の先端に指の腹を這わせた。切っ先からはすでに、熱い先走りが漏れてきている。

「若いじゃないですか。俺よりも」

「ンッ……」

大槍の指の動きは淫靡《いんび》だった。最初が悪かったのだと、咲良は悔やんでいた。初めて犯された時、咲良は酩酊《めいてい》しており、あろうことか大槍を、小林と錯誤した。淫らな夢を見ているのだと、信じて抱かれてしまった。

長年封じこめていた色欲は暴発し、咲良はその時、淫らな本性をすべて大槍に見せてしまっていた。

だから大槍は、咲良が感じるところをすべて知悉《ちしつ》している。意識さえ保っていれば、咲良だってもう少し隠すことが出来たのに。

三年前のあの日、大槍もまた、咲良を裏切ったのだ。

朦朧《もうろう》としていた咲良を犯すという、最悪の方法で。

「相変わらず、可愛い色だな」

咲良の薄い陰毛を、大槍はさらさらと撫でる。僅《わず》かに残る包皮を剝《む》かれ、酷く感じる繋ぎ目のところを弄《いじ》られて、咲良は遂に声を出す。

「ン、ひッ……！」

「結構遊んでるくせにね」

皮肉っぽく大槍は言った。咲良を傷つけるのと同時に、自分自身をも傷つけるように。

咲良の肉体は、清純そのものだった。肌は白く、傷も染みもない。ペニスも、大人の男としては淡い色をしている。体毛も、女のように薄い。

その肉体がすでに男を知っているのだと知った時、大槍は狂った。

「……って、ない……ッ」

乱れつつある息の下で、咲良は真実を述べた。少なくともこの三年間は、誰とも寝ていない。小林を愛しながら大槍の肉体に欲情し、あまつさえ大槍からの想いを踏みにじったという罪悪感から、自慰さえも堪《こら》えていた。

「三年……して、なか……っ……」

切なくて、声が震えた。感じてしまっている自分の躰が厭わしいせいだ。咲良の悔恨《かいこん》は、大槍には届かない。

「どうだか」

「うぅっ……」

蜜を漏らす亀頭を、大槍の指でぬちぬちとこすられて、咲良は歯を食いしばる。

「でも、昨日の乱れ方を見ると、案外本当かな」

大槍は一旦咲良のそれから手を離し、すっと部屋の奥を指さした。

「そこの、テレビのところまで精液飛ばしましたよね。はは、高校生並みだ」

言葉で嬲られて、咲良は泣きたくなる。こんなふうにすべて無駄に終わるのなら、禁欲をした意味すらなかった。

「ああァ……ッ」

不意に吸いつかれて、咲良は声をあげる。

(嫌だ……嫌だ……ッ)

洗ってないペニスをしゃぶられるのは、嫌だった。嫌悪感によって、なんとか勃起を鎮《しず》めたかった。なのに、逆の効果しか生まれてこないのはなぜなのか。

一度すべて口に含んで吸ってから、大槍はゆっくりとそれを口から出した。唾液でぬめる咲良のペニスに息を吹きかけ、上目遣いで咲良を見上げる。

「美味しいですよ……咲良さんの、汚れたちん●」

「う、ぐ……ッ!」

わざと咲良の羞恥心を煽《あお》るような言い方を、大槍はした。唾液に濡れたせいで熱くなった性器に冷たい息を感じ、その生々しさに咲良は泣く。自分はとことん、汚れていると思う。

ソファの上で逃げる腰を、大槍が摑んで引き戻す。

「綺麗《きれい》にしてあげてるんです。じっとして。ほら、袋も、こっちの孔《あな》も」

「んうっ、ンン……ッ！」

今度は陰嚢《いんのう》を吸われて、咲良はひくんと喉を反らせた。勃起は震えて、さっきの続きを待っている。

大槍の舌は、皺《しわ》の一本一本をなぞるように微細に動く。中に詰まっている球体を舌先で転がされて、咲良は大きく息を吐く。

そこにはすでに、新しい蜜が詰まっている。大槍が言った通り、昨夜、あんなに搾られたのにも拘らず。

「あう……ンン……ッ」

大槍の舌が陰嚢から這い上がり、咲良の屹立の裏をねっとりと舐めた。強張った筋を舐められるのに、咲良は弱かった。

勃起をヒクつかせながら、無意識に足を開く姿は凄絶に淫らだ。

そうして咲良の気を逸《そ》らしながら、大槍は両手の人差し指で、咲良の尻の奥をまさぐり始める。目当ての孔を探り当てると、大槍は両側から人差し指を引っかけて、思い切り左右に拡げた。

「ン……ひ……ッ」

体内に外気を感じて、咲良は耳まで紅《あか》くする。

平時は冷たい無表情の仮面を外さない咲良でも、セックスの時だけはそれを保てない。多分それが、大槍の嗜虐心《しぎゃくしん》をそそるのだろう。

性器ではないはずのその孔は、くぱ……と口を開け、中の紅い媚肉まで晒《さら》している。複雑な襞《ひだ》にも見える中は、何かを思い出し、求めるように蠢動《しゅんどう》していた。

「さすがに少し、腫れてますね。連日じゃ、きついか」

「う……」

咲良が顔を顰《しか》める。確かに、昨日三年ぶりに犯されたアナルは、微かに紅く腫れ、疼痛《とうつう》を訴えていた。が、咲良には耐えられないほどではなかった。本当に耐えられないのは、もっと別のことだ。

「昨夜も凄かったですよね。あんなに嫌がってたのに、挿れた途端に、精液飛ばして」

言うな、と咲良は頭で念じる。

思い出させないでくれ、と祈る。

「俺と話してる最中から、ここ、硬くしていたでしょう。気づかれていないとでも思ってましたか？」

大槍の言う通りだった。大槍と再会した時から、咲良はすでに欲情していた。

（仕事中、に、私は……）

ずっと求めていた肉体を目の当たりにして、頭よりも先に躰が反応していた。

先週、長野県山中で起きた過激派廃校舎立て籠もり銃撃事件の作戦本部に、咲良は幹部として赴いた。五年前、小林が射殺された事件との繋がりが見えたからだ。過激派の一部が、第三国の課報部と繋がっていることを咲良は掴んでいた。だからこそ、生け捕りにしたかったのに。

（過激派の連中を、皆殺しにしたのは……）

咲良はうっすらと目を開け、目の前で自分を貪る男を見る。

大槍は恐らく、外事課と繋がっている。そして警察のデータベースには、大槍があの現場に赴いたという記録は残されていない。警視庁内部では、大槍はあの現場にはいないはずの人間だったのだ。

『いないはずの人間』は、大槍の他にもいたはずだった。そして彼らこそが、犯人たちを射殺した実行部隊だろう。それを指揮していたのは、大槍で間違いない。

（だったら、どうして……）

咲良は目を眇《すが》めた。大槍はあの時、自分を流れ弾から庇《かば》ったのだ。咲良には、それだけが不可解だった。

咲良は当然、大槍の顔を知っている。隠密の行動中に、あの場所で、自分に顔を見せることのリスクを、この男はどう考えていたのか、と。

咲良の雑念は、大槍の声によって遮られた。

「男が、好きなんでしょう」

大槍が、つと顔を上げる。

「特に、こういう顔が」

自分の顔を指さして大槍は言う。咲良は決してその顔を見ない。

「だったら俺でも、いいじゃないですか」

忌々《いまいま》しげにそう告げて、大槍は再び咲良の下半身に顔をうずめた。

「あァ……ッ」

孔の奥まで暴かれて、咲良は切なげに息を吐く。

「本当に、可愛い……」

指で拡げられた孔の入り口に、ちろちろと舌が這わされる。その感触に、咲良は震える。限界まで勃起したペニスから、熱い蜜が滴《したた》り落ちる。

「いくらゲイだって、皆が皆、こんなにいやらしいわけじゃないでしょうに。こんなにヒクヒクさせて」

「ア、ァ」

短く啼《な》いて、咲良は身を捩る。焦《じ》らすのは、やめて欲しかった。犯すのならば早く、して欲しかった。早く。

大槍は、ゲイではないはずだった。少なくとも中学から大学までの間は、彼女がいたのだと咲良は調べて知っている。

なのにここまで男の肉体に深入りしてしまったのは、もともと素質があったのか、或いは自分の所為《せい》なのかと、咲良にはわからなくなる。

「毎日でもちん●が欲しいって、ねだるみたいに締めつけて」

「うぅ、ふ……ッ……ン……！」

唾液でぬめる指が二本、咲良の中に入りこんでくる。

キュッと閉ざされた入り口を通り抜け、中で、ばらばらに動かされる。指二本くらいなら、咲良は難なく呑みこめる。

「や……ァ……」

足りない、とでも言いたげに、咲良の孔が、キュゥッと指を締めつける。それに逆らうように指でピストンされて、咲良は激しく喘いでしまう。

「ひ、ンッ……ひぃっ……！」

「お尻の孔に、太いちん●を入れて下さい、って言って」

大槍が、笑いながら酷いことを言う。指で犯され、勃起したペニスを揺らしながら、それでも咲良はそれは言わない。

「い、ゃだ……や、だ……ッ」

「ちん●から汁飛ばしてる人が、今さら気取らないで下さいよ」

「あ、ひっ……！」

ピンと屹立を弾かれて。咲良は痛みと快感に啼いた。

「どうせ俺が目を離したら、他の男にやらせるんでしょう。だったら俺でも、いいはずだ」

無茶苦茶なことを、大槍は言う。

彼は自分を恨んでいるのだろうと、咲良は実感していた。

やがて大槍は咲良から身を離し、ズボンのベルトを外してから咲良の上を跨《また》いだ。

「あ……」

横たわる咲良の眼前に、大槍のものが突きつけられる。昨日は、あまりはっきりとは見なかった大槍の陰茎は、三年前に見た時よりも大きく、太く見えた。それは咲良のものと同じように、酷く欲情し、上を向いていた。

咲良の薄い唇に、亀頭がこすりつけられる。雄の匂いに、咲良は眩暈《めまい》を感じる。

「これで貴方の中を、滅茶苦茶にこするんだから」

ぐいぐいと押しつけられてくるそれを、咲良は拒めない。唇を薄く開くと、あっという間に喉まで犯されてしまう。

「う、ぐ……っ」

「たっぷりと濡らして下さい」

「あ、む……うぅ……っ」

喉に詰まるほど長大なそれに、咲良は舌を絡めた。

咲良はフェラチオが好きだった。高すぎるプライドのせいで、セックスのさなかでさえそれが好きだとは言えなかったが、大槍はそういう咲良の性癖を見抜いていた。

寝転がっている体位のせいで、顔を上下に動かすことはできない。けれど、舌と口腔《こうこう》、唇だけでも、咲良は上手に舐めることができた。

全体にぬるぬると舌を這わせ、一旦口から出し、亀頭だけを強く吸う。射精口を舌でグリグリと抉《えぐ》り、唇を付けて強く吸う。舌を動かすたびに、ぺちゃ……くちゅ……と卑猥《ひわい》な音がする。

(美味しい……)

熱い息を吐く合間に、咲良はうっとりとそれを見る。他の誰のものでもなく、大槍のものだ。不本意だったとはいえ、何度もこれで、絶頂を味わわされてきた。

その味を咲良は忘れ得ない。

「濡らすだけでいいのに」

咲良の髪に手を置いて、満足そうに大槍が囁く。

「そんなに美味しそうに、しゃぶって」

「ン……ぷ……」

咲良の顔に、羞恥が浮かぶ。が、舌の動きは止められない。

「咲良さんも、飲みたい？　俺の……」

咲良は緩く首を振ったが、本当は、飲みたかった。大槍の、精液を。

大槍も、少し迷ったのだろう。このまま咲良の口にぶちまけるのも、酷く魅力的だ。が、やはり大槍は、セックスがしたかった。

咲良の口から、ぬぽ……大槍のものが抜かれる。膝を折り曲げられ、尻孔を丸見えにさせられて、咲良は息を吐いた。

男を受け容れるコツは、熟知していた。

若い大槍のほうが、余裕がなかったのか。今度は焦らすことはしなかった。ぬちぬちと入り口を二、三回こすった後、一気に突き入れてくる。

「ひぁ、ひぃぃっ！」

ずぐっ、と固い媚肉が拡げられる感触だけで、咲良は絶頂に達した。二人の下腹に挟まれた咲良のペニスが、びゅくっ、と白濁を噴き上げる。

（嫌だッ……あぁ……）

今日は、我慢できると思ったのに。

昨日あれだけ出したのだから、今日はもう少し、耐えられると思ったのに。

咲良の肉体は、あまりにも容易く、持ち主を裏切った。飢えていた三年間が、咲良の肉体をますます淫猥《いんわい》に変えてしまっていた。

「ああ……シャツが汚れた」

白々しく、大槍が呟く。一旦根元まで入れられて、ずるりと引き抜かれ、もう一度入れられる。

咲良は上体をくねらせて、ソファに爪を立てる。唾液でぬめる肉孔が、太い肉棒で擦られて、きゅうきゅうと収斂《しゅうれん》していた。

「や、あァ……大き、いっ……」

「昨日も銜《くわ》えたばかりでしょう。一日くらいでサイズが変わったりしませんよ」

大槍はそう言うが、大槍のものは咲良にとってずいぶんと大きく感じられた。真実は恐らく、三年もの禁欲で咲良のほうがきつくなっていたのだろう。

大槍はそれを指摘し、意地悪く嗤《わら》う。

「早く昔みたいに淫乱な孔に戻るように、もっと拡げないとね」

「あぅっ！　ン、ふぅう、ンッ……！」

ずぐずぐと掘削《くっさく》するように太いもので犯され、時折円を描くように回され、咲良の孔は着実に拡げられていく。と同時に咲良の中は、『あの感じ』を思い出していく。

朦朧としている中を犯されて以降、咲良は済《な》し崩しにされるように脅されて、何度も大槍と肉体関係を持っていた。大槍のセックスは、咲良が遊びで寝てきたどの男とのセックスよりも、よかった。

（嫌だ……ッ……中……）

天井を見上げ、喉を仰け反らせて、咲良は涙を滲ませる。閉じられない口からは、涎が溢《あふ》れている。

体内で、肉襞が蠢《うごめ》き、出し入れされる肉棒に絡みついているのが自分でもわかる。一度達して、今は触れられてもいないペニスが、その動きに合わせてヒクつき、だらだらと濃い蜜を溢れさせている。萎《な》えてはいるが、まだ足りないとあからさまに訴えている淫らなペニスだった。

「ほら、腕」

大槍に促されて、咲良は怖《お》ず怖《お》ずと両腕を大槍の背中に回した。が、すぐに腕を解いてしまう。大槍の背中に爪を立てるのが、嫌だったからだ。このままだと確実に、我をなくしてしがみついてしまいそうだった。

代わりにソファに爪を立てる咲良の腰を掴んで、大槍は不意に、動きを激しくした。

「ひぃぃっ！」

体内の、一番感じる箇所。前立腺の辺りを突き回されて、咲良は嬌声《きょうせい》をあげる。ぬちゅくちゅと、結合部分から音がした。乾いた絶頂が、下腹から全身に拡散する。爪先まで痺れて、頭の中は真っ白になる。

「腕、回して」

「う……」

もう一度促されて、咲良は涙声で呻《うめ》きながら腕を回す。

「はぁ……っ……ン、はぁぁ……ッ」

抱きついてしまえば、あとは済し崩しだった。密着したほうが、余計に感じられた。腕だけでなく、足まで絡めて、咲良は快感を貪り始める。頭の隅に僅かに残されていた理性は完全に瓦解《がかい》した。

大槍の手が、再び咲良の胸板を彷徨う。硬く凝っている乳首をきつく抓《つね》られて、咲良はまた、悩ましげに啼いて身を捩る。

「あぅ、ンン……ッ」

乳首を強く抓られると、最初に痛みが襲ってきて、直後に痺れるような快感が拡がる。胸から下腹まで、一本の導火線で繋がれているようだった。

乳首を抓られるたびに、太いもので拡げられた媚肉がキュンと蠢く。それは大槍の好きなやり方だった。

「あーッ……ァ……」

大槍の動きが緩くなる。ねっとりと内壁の感触を味わうように引き抜かれ、入れられる時は強く押しこまれる。咲良は大槍にしがみつき、自ら腰をすりつけ始めた。大槍のやり方でさえ、焦れったかったのだ。

しかし大槍は、咲良が勝手にするのを許さない。

「後で上に乗せて、好きに腰を振らせてあげます。でも、今は」

「ひ、いぅっ……！」

体重をかけてのしかかられて、咲良の動きが封じられる。

「俺の好きに、こすらせてもらいます」

「いぁ、アァ、ンッ！」

今度は、速く。自分の快感だけを追うように、大槍は腰を律動させた。咲良の肉孔に包まれ、扱《しご》かれて、大槍のものも硬さと大きさをさらに増していく。

咲良を抱いて、うっとりと、酩酊したような口調で大槍が囁く。

「咲良さんの中、気持ちいい……男のくせに、こんなにいやらしい孔……」

「いぁっ、ン、うぅ、ンンッ……！」

「何が嫌なんです？」

顔だけを離して、大槍は咲良の顔を覗きこむ。すっかり目の焦点が合わなくなっている、咲良の顔を。

「どうせ高校の時から、色んな男に入れさせたんでしょう。じゃなきゃ、こんな……」

「アー……ッ」

一度奥まで入れられて、ずるる……と蛇が這うような速度で引き抜かれた。咲良の口から、甘い声がまた響く。

「こんないやらしい孔に、なってるわけ、ないよな！」

「あぐうぅっ！」

今度はずぐっ、と奥まで突き立てられ、そのまま強く腰を押しつけられた。拡げられた尻孔の入り口を、陰毛でこすられる感触に咲良は震えた。あの太くて長いのを、それくらい完璧に、根元まで入れられている。咲良自身も知らない躰の奥が、大槍の亀頭に絡みつき、じんじんと疼いている。

「いぁ、ン、お、奥、ぅ、や、だ……ッ」

「駄目」

大槍は、咲良の眦《まなじり》に浮かんだ涙をぺろりと舐めた。

「奥も、凄いよ……女だったら、子宮に届いてる」

「ひぃ……ッ……ン、ひ……ッ」

「もっと泣いて」

「んんあぁうっ！」

犯されながらペニスをこすられて、咲良はまた、啼く。

「もっと、喘いで」

「アー……アッ……」

（指……）

大槍の親指が、咲良の亀頭をなぞっている。射精口を押され、裏筋をコリコリとこすられて、咲良は二度目の逐精《ちくじょう》を迎えた。

「ふぁ、ン、うう……ッ！」

と同時に、尻の中で大槍のものがどくんと脈打つのを感じた。大槍も、射精したのだ。咲良の最奥に。

「あっ……ア……」

射精しながら突き上げられ、咲良の孔はブチュ、クチュ、と淫らに啼かされた。精液が、尻孔の中で掻き混ぜられる音だ。

一度達しても大槍はそれを引き抜かず、暫《しばら》くの間、咲良の唇を貪った。

「あ……む……っ」

執拗《しつよう》なキスだった。唇を挟み、舌で擽《くすぐ》り、時折離して、音をたてて吸う。その間に、大槍のものは咲良の中で硬度を取り戻していく。

(あんなに……出したのに……)

昨日、あんなにしたくせに。

もう、こんなに。

咲良はそれを実感し、終わらない夜を予感した。昨夜の交じわいでは、足りていなかった。互いに、飢えていた。

雨の夜が更けていく音を、咲良は遠い出来事のように聞いた。

3

公安部特殊調査課の朝は早い。課長である咲良が、誰よりも早く登庁するせいで、必然的に他の課員の出勤時間も早くなる。

そのことに不満を抱く者はこの課には存在しない。皆それぞれ変わり者ではあっても、ワーカホリック気味であるという共通項を抱えていた。

それでもここ数日は、咲良が比較的『常識的な時間』、例えば午前八時とかそれくらいの時間に出勤してくるものだから、課員たちも少し、助かっている。週に五日、毎日七時出勤は正直体がつらい。御崎友巳以外は、皆それほど若くもないのだ。

最年少であり、恐るべき子供たちと呼ばれた御崎も、咲良に対しては畏敬の念を抱いているため、遅刻はしない。新人当時、遅刻をしていきなり顔にコーヒーをかけられたのが効いていた。それを差し引いても、御崎は咲良を信奉している。御崎自身、自分の人生で、無遅刻無欠勤を一年以上続けられる日が来るとは思ってもいなかった。

今日もきちんと七時半に出勤して、御崎はパソコンのキーを叩いていた。室内に、咲良の姿がないことをさりげなく気にしながら。

いつもなら二時間くらいは休みなく続けられる作業も今日は漫《そぞ》ろで、御崎はふと思い立ち、向かいのデスクに座っている菅谷港に尋ねた。

「ねーねー菅谷さん」

「何」

子供っぽい呼びかけに、菅谷は書類を捲りながら答える。御崎は椅子から立ち上がり、菅谷のほうへにじり寄った。

他の課員はまだ出勤しておらず、室内には二人だけだ。東の窓から差しこむ朝日が、書類を黄色く照らしていた。

「なんであのでかい人、毎日毎日咲良さんと一緒に出勤してくるんですか」

「なんでって」

御崎の質問に、やはり顔を上げずに菅谷は答える。急ぎの仕事をしているらしい。

「よく知らないけど。咲良さんも結構危ない橋渡ってきてるから、一人じゃないほうがいいじゃないか。大槍くんはいいボディガードになるだろ」

「今まで何があっても、SPつけられるの拒否ってきたのに？　俺らのうち誰かが付こうとしても許さなかったのに？」

立て続けに御崎が聞いても、菅谷は御崎のほうを見ない。焦れた御崎は、自分が『本当に聞きたいこと』を口にした。

「それにあの二人、なーんか変じゃないですか」

「なんかって」

傍《かたわ》らに置いてあった缶コーヒーを一口飲んで、菅谷はようやく顔を上げる。御崎が、キスする直前ほどの近さまで菅谷に顔を近づけた。菅谷は思わず後ろに仰け反る。

「あんなに仲悪そうなのに、なんで一緒にいるんですか」

「あのなあ、御崎」

仰け反ったままの不自由な体勢で、菅谷は呆れていた。

「社会人っていうのは、仲良しだけでつるんでるってワケにはいかないんだよ」

「そんなこと知ってますよ。俺が言いたいのはそういうことじゃなくて」

「わかってるよ」

菅谷はちらりと周囲を見渡して、声を潜《ひそ》めた。

「多分、大槍さんを北海道に飛ばしたのが咲良さんだから、そのことを怒ってるんだろう」

そのことは公安内部でもよく知られていた。なんのミスもしていない、むしろ好成績をあげていた大槍が、なぜ突然北海道に転勤になったのか。理由は、当時の上司であった咲良との不仲だろうとまことしやかに噂されていた。

が、次に御崎が指摘することも、また事実なのだった。

「でも結果的には栄転だったんですよね、それ」

「まあ、な」

自分で言っておきながら、腑《ふ》に落ちない顔をして菅谷はコーヒーの入ったスチール缶を弄った。

当時、公安は政治的に特に難しい事件を扱っていたから、東京にいないほうが安全だったのだ。

公務員の真骨頂《しんこっちょう》は、手柄を立てることよりミスをしないことだ。無難な部署で年数を積んで、順調に試験をクリアして出世するほうが、危険な事件に拘わるよりもだいぶ賢い。つまり、大槍の転勤は左遷ではなく『配慮』という見方をすることも可能だった。

が、東京出身の官僚が、わざわざ北海道に転勤したがるケースはあまりない。大槍が大のウィンタースポーツ好きでもない限り、彼自身がそれを喜んだかどうかは菅谷たちには知るすべがない。

大槍は、物腰こそ柔らかかったがどこか心を許していないような素振りを見せる。だから、誰も真実を聞き出せなかった。

「菅谷さんなら何か知ってると思ったのに。咲良さんの一番古い部下でしょ」

「古けりゃなんでも知ってるってわけじゃねえし、それに」

と、菅谷はそこで言葉を句切った。

菅谷は確かに入庁当時から咲良に仕えたが、入庁から今まで間断なく仕えてきたわけではないのだ。二年の空白期間がある。

その二年の間、咲良に一番近く仕えていたのは、あの大槍理人だ。大槍が異動してくる直前に菅谷も部署が変わったから、大槍の顔を見たのは先日が初めてだった。

(それより前は……)

五年より前のことを、菅谷は思い出してみる。菅谷には、忘れられない仲間がいた。きっと、咲良にとっても忘れ得ない仲間だろう。

小林信士。咲良の同期で、K国諜報員との銃撃戦で咲良を凶弾から庇い、殉職した男の名前だ。自分よりも、恐らくあの大槍よりも、誰よりも咲良からの信頼を得ていた男でもあった。

(びっくりした)

懐かしい小林の面影を浮かべると、菅谷の背筋に悪寒が走った。

(小林さんが、蘇《よみがえ》ったのかと思った)

新たに赴任してきた大槍理人は、小林信士その人にあまりにもよく似ていた。背丈も、面差しも、声も、話し方も。

(小林さんが死んだ直後に、あいつが入ったのか)

それはあまりにも、咲良にとって残酷だったのではないかと菅谷は暫《しば》し愕然《がくぜん》とした。小林は、咲良にとって特別な存在であったはずだ。大学だけでなく、あの二人は高校からの親友なのだと誰かが言っていた。

実際、咲良と小林は仲睦まじかった。咲良のほうが出世が早く、小林より一階級上だったが、小林がそれを気に病んでいる様子はなかった。むしろ咲良の後ろで、咲良を支えることをよしとする、そんな男だった。

あの気難しい咲良も、小林にだけは全幅《ぜんぷく》の信頼を置いていた。

その小林が、自分のせいで、自分の目の前で死んだのだ。

あの時の咲良は、あまりにも痛々しく、目も当てられなかった。取り乱しはしなかったが、痩せ細り、声までも細くなっていた。

あまり思い出したくない記憶だと、菅谷は回想を中断する。

(もしもあの大槍が、小林さんの代わりになれるなら)

それは菅谷にとって少し複雑ではあるが、咲良のためを思えば決して悪いことではないはずだった。自分では小林の代わりになれないことを、菅谷は自覚している。

しかし、菅谷のそんな謙虚な願いは、どうやら叶いそうもなかった。

「仲、悪いんだろうか?」

確かめるように菅谷が口にすると、今度は御崎が呆れる番だった。

「今菅谷さんが自分でそう言ったんじゃないですか」

「いや……」

菅谷は、口元に手をやった。

でも、あれは、なんだか。

ただ仲が悪いとかじゃなくて。

「ん～」

菅谷と御崎の呻きが重なった。二人とも、それを上手く形容できなかった。

「よくわかんないや」

二人は同時に匙《さじ》を投げた。多分、誰に聞いても答えは出ないのだろう、と。ちょうど二人が会話をやめた時、特殊調査課のドアが開いた。咲良が、大槍を従えて登庁してきた。後ろには影のように、大槍が控えている。影と呼ぶには些か大きすぎる影が、咲良の背景にはいつもあった。

「おはようございます」

「おはよう」

課員たちと挨拶を交わし、咲良が向かったのは自分の席ではなく、八坂の席だった。視線で「なんですか」と問いかける八坂に、咲良がA４サイズの茶封筒を手渡す。中身を見て、八坂は眉を顰《ひそ》めた。

「これ、俺がやるって言ったじゃないですか」

「ついでがあったんだ」

少し目を逸らして咲良は言った。

咲良が渡した書類の中身は、八坂が内偵中の事件に関する資料だった。複数に亘《わた》る省庁に問い合わせが必要であるため、調査課の課員でも難儀する仕事だ。そのため八坂は咲良から、一週間の猶予を与えられていたが、咲良はそれさえ待てなかったのだろう。どうやら先に自分で片づけてしまったらしい。

八坂はそれを、決して喜ばない。咲良は「ついでがあったから」と言ったが、「ついで」でできるような調査でないことは課員の誰しもが知っている。だからこそその一週間だった。それを、半分の日程で終わらせられ、手渡されたのでは、八坂の立つ瀬がない。それに、捜査は結果だけが大切なのではない。過程も、等しく大事なのだ。

その過程に、どんなヒントが落ちているやもしれない。だからこそ課員は自分の手と足で捜査することに拘《こだわ》っている。

八坂はそれでも精一杯抑えた口振りで、咲良に進言しようとしていた。

「あのね、咲良さん。あんたが有能なのはよく知ってますが、こういうのは」

「終わったんだからいいだろう。仕事に戻れ」

にべもなくそう告げて、咲良は背中を向けた。溜め息をついたのは、八坂ではなく御崎だった。

若い分だけ、正直すぎるのだろう。

その遣《や》り取りを、大槍はただ黙って見守っていた。また雨が降り始めていた。咲良の古傷が、間断なく痛む季節だった。

◆
◇
◆

藍色の夜が更けていく。一仕事終えて、咲良と大槍は一旦本庁へ戻った。今夜、特殊調査課に人の姿はなかった。よほどの捜査が差し迫っている時以外、午前三時ともなれば、さすがに人影は途絶《とだ》える。

明日以降の捜査資料を纏め終わると、咲良はようやく一息入れた。大槍が、ちょうどいいタイミングで紙コップを持って戻ってくる。一口飲むと、中身はコーヒーではなく、麦茶だった。咲良は渋い顔をした。

「なんでコーヒーじゃないんだ」

「カフェイン、摂りすぎですよ。これから帰って寝るでしょう」

「……ああ」

麦茶なんて売っていただろうかと訝《いぶか》しみながら、咲良はそれを飲んだ。まだ温かかった。給湯室で、大槍がわざわざ淹《い》れたのであろうことは想像に難《かた》くない。そういうまめまめしいところは変わっていないのだなと、咲良は睡眠不足で痛む頭で思った。

帰ってシャワーを浴びたら、睡眠時間は一時間もない。それでも、一時間でも寝ないよりはマシだから、咲良は帰るつもりだ。またすぐに出勤して、捜査を続けないといけない。

今、咲良たち特殊調査課が関わっているのは、大物代議士である額田真二朗《ぬかたしんじろう》の贈収賄事件だった。それだけなら地検特捜部の仕事だが、闇献金をした相手が隣国、K国の諜報員である疑いが深まったため、公安の出番となった。お陰で咲良も大槍も、他の課員も、ここ数日ろくに寝ていない。

咲良が鞄《かばん》と上着を手に取り立ち上がると、エスコートするように大槍が咲良の背中に手を回す。

「送ります」

「連日私につきあわなくてもいい。体、壊すぞ」

「壊しませんよ」

咲良の車のキーは、大槍に奪われていた。無理に返せと言えば、また喧嘩になる。咲良はそのことに疲れていた。これ以上浪費できる体力が、咲良の細い体には残されていなかった。多分大槍は、そのことを見越して咲良のそばにいる。

「貴方はいつもそうですよね」

駐車場に出ると、辺りは大気にミルクを溶かしたような、濃い霧に覆われていた。視界は酷く悪いだろう。街灯さえも、滲んで見える。

「いつも、とはなんのことだ」

助手席に乗りこみながら、咲良は聞く。大槍はわざとわかりにくい話し方をする時がある。昔は、そんなふうではなかった。大槍はもっとわかりやすい男だった。そのことを思い出すと、咲良の胸はまた痛む。

過労のせいで、目が霞《かす》む。咲良はシートベルトが、上手く留められなかった。大槍が運転席から身を乗り出し、留めてやるついでに答えを言う。

「他人の痛いところを刺激して、あとは知らん顔をしている」

「覚えがないな」

しらばっくれたつもりではなかった。咲良には本当に、身に覚えがなかった。

「嘘ですね」

シートベルトが、咲良の躰に食いこむ。霧のせいで湿度が高い。大槍の顔が、間近に寄せられたまま、止まる。

「あれほど貴方に尽くしている男にさえ、貴方は平気であゝいうことをする」

「………」

今朝の、八坂とのことを言っているのだろうと、咲良は理解した。が、咲良は知らぬふりを決めこむ。そんな話を、大槍としたくなかった。

一旦部下に任せた仕事を奪うことが、良いやり方でないことくらい咲良だってわかっている。が、咲良には「信じて待つ」ということがどうしてもできない。大抵のことは、他人を頼るより自分で解決したほうが早かった。時は不可逆であり、滔々《とうとう》と流れ続ける。待つのは苦手だ。機を逃す。

自分でもどうしようもできない自分自身を、咲良は持て余している。

咲良の傷を抉るように、大槍は続けた。

「トラウマとコンプレックス」

「何?」

不意に、大槍が核心をついた。咲良の、問い返す口調が自然ときつくなる。それこそが大槍の望みなのだと知っていてもだ。

大槍はさらに追い討ちをかけてきた。

「貴方、いるだけで他人にそういうものを植えつける」

「知るか」

「どうしてそこまで、人を信じないんです?」

咲良は横を向いた。大槍も躰を離し、ハンドルと向かい合う。イグニッションキーを回し、エンジンを起動させる。

朝、咲良は八坂に対して、確かに少し言いすぎたかもしれないと思い返す。が、あれほどの男にトラウマだのコンプレックスだのがあるとは、咲良には考えられない。自分がそれを思うのは、それこそ傲慢《ごうまん》だろうと思うのだ。

咲良は、気づかれないように肺に息を溜め、ゆっくりと吐き出す。溜め息だとは思われたくなかった。

この期に及んでもまだ、咲良は大槍を捜査から、正確には特殊調査課から外したかった。この課にいる限り、地雷を踏み続けなければならない。

死んだ小林と同じように。

自分と、同じように。

咲良は同じ轍《てつ》を、大槍にだけは踏ませたくないのだ。

(……勝手だな)

自分でも咲良はそう思う。大槍だけを、大槍の命だけを過剰に惜しむ自分は、上司としても警官としても最悪だと思う。

それでも咲良にはもう、耐えられなかった。精神はとっくに限界だった。小林が死んだ時、咲良の心の一部も死んだ。咲良は、大槍だけは絶対に、自分より先には死なせたくないのだ。大槍の死に目を、見たくない。

公安へ赴任してきた直後の大槍は、若かった。今でも若いが、あの頃はまだ、大学を出たてだった。咲良の目には、時折子供のようにさえ映った。体ばかり大きな、子供だ。守ってやりたかった。

その頃、大槍は照れくさそうに咲良にだけ打ち明けた。

『この国の警察の在り方を変えたい』と。まかり間違っても、イタリアの司法のような状況にはしたくないのだと。

マフィアが被告の裁判では、判事と検事、それに証人は顔を晒せない。報復されるからだ。警官ももちろん例外ではない。日本は『まだ』そこまでの状況ではない。けれど、ひとたび政治が関われば、似たようなものだと咲良は痛感させられた。

この国の司法の在り方を変えたいと咲良に言ったのは、大槍が初めてではなかった。小林もまた、咲良に同じ夢を語った。警官になってからではない。もっと昔、まだ二人が十代だった頃だ。

小林信士には幼い頃、両親を東欧の内戦下で誘拐された過去があった。が、政治的な理由で捜査は打ち切られ、結果的には見殺しにされる形になった。政治が絡んだ途端に機能しなくなる警察機構を、小林は憎み、変革を望んでいた。

小林の抱えるその葛藤を、咲良は共有したかった。共有できる、はずだった。

小林が死んだ後、咲良はもう二度と、葛藤や苦しみを他人と共有したくなかった。それはあまりにも危険だったからだ。

大槍にそのことを話したことは、咲良は一度もない。理解して欲しいとも思えない。ただ、遠くで、息災《そくさい》にしていて欲しかった。

「おまえは……」

何かを言おうとして、咲良は大槍のほうを見遣る。夜霧の中、車を走らせながら、大槍が視線だけで答える。

何かを言おうとした咲良の唇は、結局何も言えないまま閉じられた。以前はこうではなかった。言葉数は少ないものの、咲良は大槍には、自分の気持ちを伝えられた。

変わらないものは何もないのだと、咲良はまだ信じたくなかった。

不意に、大槍が告げた。

「貴方は何も、心配しなくていい」

「……なんのことだ」

優しげなその言葉から、微塵《みじん》も優しさを感じ取れず、咲良は聞き返す。大槍は、前を見据えたままだ。

「言葉通りの意味ですよ。貴方は」

それを言う時、大槍はうれしそうだった。

「上でふんぞり返って、女王のようにしていて下さい」

「………」

自分がそういうふうに思われていることは、咲良も自覚している。が、大槍の口から言われれば、それなりにショックだった。

大槍はさらに、咲良が嫌がることを告げた。

「汚れ仕事は、なんでも俺がやって差し上げます」

「……頼んでない」

咲良は憮然《ぶぜん》と横を向く。

それをさせたくないから、という咲良の想いは、どこにも届いていなかった。

数時間が経過し、早朝。咲良が自宅のベッドで目を覚ますと、大槍の姿がなかった。咲良が眠っている間に出て行ったらしい。このところ連日、大槍は咲良の部屋に入り浸っている。半同棲のような状況になりつつあった。今朝は、自分の車で出かけたのだろう。大槍は、まるで監視するように咲良から離れたがらない。

その大槍が先に出かけるなんて、珍しいこともあるものだと思いつつ、咲良は久しぶりに一人で出勤した。さすがに一時間半しか眠れないのは、体がきつかった。目の奥は痛むし、体の節々も悲鳴をあげている。それらをおくびにも出さず、咲良は駐車場に車を駐め、特殊調査課の扉をくぐった。

途端に、御崎の大声が耳に入る。

「あ、咲良さん！」

「なんだ」

咲良は怪訝《けげん》そうに室内を見渡す。今朝は全員が早く来ていた。御崎の他に、菅野と八坂の姿もある。そして、大槍の姿はない。

御崎だけならばともかく、全員の顔が白いことに咲良も急変を感じ取った。

「何があった」

咲良は早足で、御崎のデスクへ向かう。御崎の指が、パソコンのディスプレイを指している。

「これ、咲良さんの指示ですか!?」

咲良はディスプレイに浮かんだ文字を凝視し、次の瞬間、やはり皆と同じように顔を白くした。

動画投稿サイトに、見知った顔が映っていた。額田真二朗だ。場所は、恐らく彼の自宅だろう。派手な調度品が目を引く。

その部屋に、五人の捜査官が踏みこんでいた。公安一課の連中だった。全員、帽子を目深に被ってるため、個人は識別できないが咲良には体格だけで大体見抜ける。

額田は床に、押さえつけられていた。捜査員の一人が、洗面所から叫んで出てきた。

『あった!』

捜査員が掲げたのは、銀のスプーンと白い粉末の入った小さなビニールだった。不意に画面が揺れた。

『撮るな!』

誰かがそう叫び、次の瞬間、画面は途切れた。

(隠し撮りか)

正面からカメラを構えた撮り方ではなかった。隠し撮りだろうと、咲良は推測した。このことはまだニュースにはなっていないが、時間の問題だろう。動画の閲覧数はすでに一万を超えている。額田の顔は、はっきりと映ってしまっていた。

（誰が、こんな強引なことを）

証拠はまだ何も挙がっていない。この状況で令状が出たら、明らかに拙速《せっそく》だ。しかも、咲良たち特殊調査課には、何も知らされていないのだ。こんなことがあっていいものかと、咲良は愕然とする。

一体誰が、と考えて、咲良はただ一人の人物に思い当たる。

まさか。

（大槍か）

ほんの数時間前、大槍が言った言葉が咲良の脳裏に蘇る。

『汚れ仕事は、なんでも俺がやって差し上げます』

あれは、このことを指して言っていたのか。大槍が、仕組んだことなのかと、咲良は顔を青くする。

現状、こんなことができる者は大槍しかいない。他の課員たちも、すでにそう思っているだろう。

「どうしますか」

八坂が、青い顔のまま聞く。証拠は挙がった。現行犯逮捕だ。額田真二朗は逮捕拘留を免《まぬか》れ得ない。しかし問題は、それでは解決しないのだ。

（これでは、蜥蜴《とかげ》の尻尾切りで終わらせられてしまう）

咲良たちが捕まえたかったのは額田ではなく、額田の背後でK国と繋がり、利敵行為を働いた黒幕だ。

咲良の拳《こぶし》が、机に叩きつけられた。誰も口を開く者はいなかった。

咲良が大槍と再会できたのは、夕方近くなってからだった。その頃にはすでに、ワイドショーは額田逮捕の報道で持ちきりだった。逮捕劇がネットで先んじて中継されたのだ。もはや、テレビの存在意義さえ危ぶまれた。

まるで通夜のような空気の漂う特殊調査課に、大槍は何喰わぬ顔で入ってきた。入るなり自ら咲良の前へ行き、すっと長身を屈める。

「遅れてすみません。理由は後ほど」

「必要ない」

机に肘をつき、組んだ手の上に顎を乗せて、咲良は大槍を睨みつける。

「私より上の命令か」

「はい」

即答した大槍の顔に、書類の束が叩きつけられる。大槍の顔から眼鏡が飛んだ。わざと、避けなかったのだろう。大槍は黙って書類を拾い上げた。

部屋の空気が、しんと凍りつく。

それでも大槍は顔色を変えず、白々しい『報告』をした。

「偶然、フリーのマスコミ関係者がカメラをしかけていたんですよ」

「室内にか」

「ええ」

誰が聞いても苦しい嘘にしか聞こえないそれを、大槍は平然と言ってのける。大槍が犯罪者側の人間でなかったことが、せめてもの救いだと咲良は思う。

「額田一人を捕まえて何になる。所詮奴は蜥蜴の尻尾だ」

「だからですよ」

これにも即答されて、咲良は気色《けしき》ばんだ。

まさか、大槍は。

（これで手打ちにする気か）

最初からそのつもりで、特殊調査課に送られてきたのか。そのためだけに、ここへ来たのか。自分よりも『上』の命令で。

気づかなかった自分が愚かだとしか、咲良には思えない。それでもまだ、この男を信じたかった自分を、呪うしかない。

「見損なったぞ」

低く呟いた咲良を、顔を上げた大槍が見下ろす。

「少しはまだ何か、俺に期待していてくれたんですか」

「…………」

図星を指されても、咲良は睨みつけるしかない。

「忘れたんですか？　俺を育てたのは貴方だ」

そうだ。その通りだと、咲良は知っている。自分が、この怪物のような男を育てたのだと。或いは、怪物にしてしまったのだと。

優しくするだけして、途中で突き放すのがどれだけ残酷なことか。

わかっていて、咲良はそうしたのだ。

しかも大槍は、咲良が大槍の中に小林の影を追っていたことまで知っている。最悪の状況だった。

「これは、貴方のやり方だ。俺は貴方を見習っただけです」

遂《つい》に大槍は、人前で言ってはいけないことを言った。

「俺を捨てたくせに、いつまで飼い主のつもりですか」

「もういい、黙れ！」

一体この部屋の何人が、その意味に気づいたか。咲良は考えたくもなかった。大槍は一礼を残し、部屋から出て行った。

(どうして)

大槍が、自分を見限った。そのことを責めるつもりはない。それが大槍の野心ならば、咲良は彼を、潰すしかない。

(わかってくれないと責めるのは、筋違いか……)

大槍を、危険に晒したくない。

そう願うこと自体が罪だったのだと、咲良はようやく、認めた。大槍は、女ではない。黙って守られることになど、決して甘んじてはくれない。彼はどうしようもなく、男なのだと。

4

雨の音が優しく鼓膜を撫でる。梅雨の、気怠い夜が続く。濃密な湿度が肺を満たす。久しぶりに咲良は深く眠った。大槍の、夢を見た。今の大槍ではなく、昔の大槍が出てくる夢だ。

『先輩』

出会った当時、大槍は咲良をそう呼んでいた。

『咲良先輩』と。

学生のようでけじめがないからやめろと、咲良は注意した。それで一旦大槍はやめたが、ふとした拍子に、やはり先輩と呼んだ。プライベートな時までは、咲良も咎《とが》めなかった。

今にして思えば、大槍は初めて出会った時から自分に惹《ひ》かれていたのだろうと咲良は気づいていた。自惚れでもなんでもなく、大槍は最初から、咲良しか見ていなかった。

咲良は当初、それを行きすぎた敬愛なのだと信じようとしていた。その危ういバランスを崩したのは、他でもない自分だったのだと咲良は思う。

咲良は厳しく、気難しい性格だったが、見こみのある新人であった大槍には大層目をかけていた。

刑事としての大槍を育てたのが、咲良であることは間違いない。大槍も咲良に心酔していた。

新人の頃の大槍は、咲良にまとわりつく大型犬のようだとよく揶揄《やゆ》された。二人の関係は極めて良好で、仲睦まじかった。

咲良はその頃のことを、夢のように思う。

まるで、死んだ小林が帰ってきてくれたような、甘い錯覚に浸っていられた。短い幸福だった。咲良にとって幸福は、いつでも短い。

なぜあの日、酒と薬を同時に飲んでしまったのか。咲良は、今でも悔やみきれない。小林を亡くして以降、咲良は酷い不眠症に悩まされていた。医者から処方された薬だけでは、足りなかった。だから酒を飲んで寝た。少し熱も出ていたから、風邪薬も併用した。それがまずかったのだと、後に咲良は自分を責めた。

ちょうど今と同じ、梅雨の頃だった。高熱を出して倒れた咲良を、自宅まで送ったのは大槍だった。

キッチンで風邪薬と睡眠薬を酒で流しこみ、倒れるようにして咲良は眠った。大槍がその時、どうしていたのかは覚えていない。

薬のお陰で、夜半には熱は下がったと思う。躰は、ずいぶん楽になっていた。ただ意識は、朦朧としたままだった。

誰かがベッドの横に座り、咲良の髪を撫でていた。咲良はずっと一人暮らしだ。こんなふうに、傍らに座る人などいない。いるとしたらそれは、小林だけだ。けれども、もう小林は、いない。

だからこれは夢なのだと、咲良は思った。

咲良はそっと、額に置かれた手を握った。一瞬の戸惑いの後、その手は咲良の手を握り返してきた。大きな、温かい手のひらだった。

そういう手のひらを、咲良は小林のものしか知らない。他人の手のひらなど、咲良にとっては嫌悪感しか生み出さないものであり続けたのに。

その大きな手のひらだけは、咲良の中で唯一の例外であり、別格だったのだ。

『……こ、ばやし……?』

夢うつつの中で、咲良はそう呼びかけた。暫しの沈黙の後、返事があった。

『……敦成』

咲良を名前で呼ぶ者も小林しかいなかったから、当然にそれは小林なのだと、咲良は信じた。

小林が、生きて帰ってきたのだと。

そういう夢は何度も、何度も見たから、今さら違和感はなかった。いつもの夢だと思った。

けれども彼は実在した。

小林ではなく、大槍の姿をした彼は、確かにそこにいた。

◆◇◆

三年前のその夜。

大槍は、目を閉じた咲良の顔を見ながら、複雑な想いを砂を噛むように味わっていた。自分が、小林信士という男に似ていることは、他人から指摘されて知っていた。咲良にはあえて言わなかった。咲良が気にするかもしれないと思ったからだ。

咲良が、自分を誰かの身代わりにしているような素振りを見せたことはない。それでも知ってしまえば、大槍は自分が小林の代用品なのではないかと疑わずにはいられなくなった。

咲良は時折、自分にだけ優しく微笑む。その微笑みは自分だけのものだと思っていた。けれど、違った。それを享受《きょうじゅ》できる者は、他にもいた。そいつがいないから、自分が貰えるのだとは思いたくなかった。

咲良は誰にも弱味を見せない。それは大槍に対しても、同じだった。

なのに今、咲良は縋るように自分の手を握っている。

誰にも見せない姿を、小林信士には見せていたのか。こんなふうに。

そう考えるだけで、大槍の胸の裡《うち》は黒く灼《や》けた。

(駄目だ)

裏切ってはいけない。せっかく得た信頼を、失いたくない。

そう願う反面、苛立ちと怒りが募る。

自分は、『身代わり』なのか、と。

『……敦成』

恐る恐る、名前を呼び、唇を寄せる。熱っぽい咲良の唇に、キスをする。咲良が拒めば、やめるつもりだった。

けれども咲良は拒まなかった。自ら薄く唇を開き、舌を、差し出してきた。

それで大槍の箍《たが》が外れた。

おかしいじゃないか。普通、友達とキスはしない。少なくとも、驚くだろう。

つまり。

(抱かれていたのか)

大槍は、そう決めつけた。

間違えた貴方が悪いのだ、と。

大槍は咲良に、罪を着せた。劣情はとうに抱いていた。大槍は何度か、咲良を想い自慰をしていた。とっくに、咲良をそういう対象として見ていた。

咲良の熱が下がっていることを確かめて、大槍は咲良の上から毛布を剝《は》いだ。ゆっくりと、パジャマのボタンを外していく。

少し指が震えた。どんな女を抱いても感じなかった異様な興奮に、大槍は包まれていた。咲良の胸板は白く、薄い筋肉に覆われ、皮膚の下に微かに静脈が透けて見えた。

大槍は、さらさらと乾いた手のひらでその胸を撫でる。咲良は嫌がらず、ただぴくりと躰を震わせるだけだった。

ズボンと下着を下ろすと、咲良の、萎えた陰茎が露になる。

男の性器に興味を抱いたのは、大槍には初めてのことだった。

萎えたままのそれを、じっと見つめる。皮は綺麗に剝けているが、その色は淡い桃色で、そこだけ白人のようにも見えた。小さいが、形のいいペニスだ。上部を彩る陰毛は黒いが、やはり薄い。性器だけでなく、そこにも触れたいと大槍は思った。咲良の性器は、その全体が何か甘いもののように見えた。

心臓がばくばくと早鐘を打っていた。気がつくと大槍のペニスは、硬く大きく膨《ふく》らんでいた。ズボンがきつく感じられ、大槍は自らも上着とズボンを脱ぎ、咲良のベッドに上がった。

咲良の唇から、小さな声が出る。

「寒……」

寒い、と言われて大槍は咲良に躰を密着させた。

咲良は大人しく、しがみついてきた。いつものやや尊大とも言える態度が嘘のような可愛さだ。そのギャップが、大槍をますます興奮させた。

もっとしがみつかせたかった。

そっと顎を摑み、顔を傾け、もう一度唇を重ねる。

「ン……」

キスしながら、女の躰にするように、大槍は咲良の肉体をまさぐった。

「ふ、ぁ……」

乳首に手が触れると、塞いでいた唇から甘い息が漏れた。大槍は、指でその突起をつまんだ。

「ン、ン……」

声が、甘さを増す。こんな箇所が感じるのかと、大槍は顔をずらし、今度はそこにキスをする。

途端に、咲良の手で頭を抱かれた。

「あぅ、ンッ……！」

予想した通り、咲良のそこは感じやすかった。女のような質量のない小さな粒は、それでも精一杯に固く尖り、快感を訴えている。肌が粟立っているのは、もう寒さだけの所為ではないだろう。

大槍は尖らせた舌先で、執拗にそこを嬲った。押し殺したような声をあげて、咲良はその快感を貪っている。しっかりと、大槍の頭を抱きかかえたまま。口でする合間に、大槍はもう片方の突起を指でつまみ、強く引っ張った。それにも咲良は感じるようだった。

「はっ……アッ……」

感極まったような声とともに、大槍の腕の中で咲良の躰が痙攣《けいれん》する。舐める合間に、大槍は知りもしない小林の口まねを想像だけでして、尋ねた。

「そんなに、気持ちいい……？　敦成……」

「ん……」

咲良の首が、こくん、と子供のように縦に振られる。可愛い、と大槍は堪《たま》らなくなる。あの取り澄ました顔が、こんなふうに乱れるのを間近に見られるなんて、嘘のようだ、と。

「じゃあ、もっと、敦成の気持ちいいところ、俺に教えて……」

恋人に囁くように、大槍は聞いた。が、咲良にはまだ、微かに羞恥が残っているのだろう。ぎゅっと目と口を閉じてしまう。

大槍は、咲良の頬を撫で、懐柔《かいじゅう》する。

「大丈夫、俺しか見てないから……俺しか、知らないから……」

はぁっ、はぁっ、と荒い息が漏れる。咲良がこんなに息を乱しているところを見るのも、初めてだった。口の端から溢れた唾液を、大槍は舐め取った。

やがて咲良は、耐えかねたように小さな声で告白した。

「乳、首……」

「こう？」

ぺろりと舐め上げると、咲良はまた首を振る。

「ン、やぁ……」

「違う？」

大槍が確かめると、咲良は背筋を仰け反らせ、言った。

「か、嚙ん、で……」

聞こえないふりをして、大槍は咲良の乳首を舐め続けた。焦れたようにもう一度、咲良が言う。

「つ、強、く……あ、い、ぃっ！」

不意打ちで歯を立てた途端、咲良はびくんと全身を撓《しな》らせた。どうやら咲良は、強目に愛撫されるほうが感じるらしい。

「強くされるの、好きなんだね……」

妙に嗜虐的な気持ちになって、大槍は咲良の乳首をつまみ、強く引っ張った。いつもは鎧《よろい》のようなスーツに包まれた肉体が桃色に上気し、女のようにされている姿は堪らなく淫猥だった。

「い、あぁ、取れちゃ、うぅ……！」

「こんなに乳首勃起させて……おちんちんみたいに扱いてあげる……」

言いながら大槍は、咲良の乳首を指で扱いた。上下にしこしことこすられて、咲良の躰がシーツでうねる。

「あぅっンッやぁぁ……！」

「ここも、噛む？」

大槍は片手を咲良の股間に伸ばし、勃起に触れながら聞いた。咲良はびくりと動きを止めて、かぶりを振る。

「や、だ……」

流石に、性器を噛まれるのは怖いのだろう。

「じゃあどうする？　敦成？」

子供に聞くように、大槍は尋ねる。あの咲良を、自分の上に君臨し続けた咲良をそういうふうに扱うことに、大槍は興奮しきっていた。

「う……」

答えを渋り、咲良はじっとする。

「言わなきゃわかんないよ。また噛んじゃおうか？」

少し強めに陰嚢をつまむと、咲良は容易く陥落《かんらく》し、欲望を口にする。

「舐め、て……」

言われた通りに大槍は、咲良の股間に顔を移す。咲良のペニスはすでに、弾ける寸前だった。反り返った裏筋は張り詰め、ぷくりと膨らんだ亀頭から溢れる先走りは肛門まで垂れてきている。その淫猥さに、大槍は暫し、見とれた。

その先端に軽く舌を当てただけで、咲良は大仰《おおぎょう》に喘いだ。

「ひ、いぃっ……！」

「ちょっと舐めただけで大袈裟《おおげさ》だよ……」

囁いて、大槍は一気に根元まで咲良のものを口に含む。

咲良のものは成人男性のそれにしては小さく、大槍の口にすべて収まった。大槍はくちゅくちゅと濡れた音をたてて、甘くそれをしゃぶった。口腔のすべてを使って包み、舌を絡めて擽ると、咲良はあっという間に達してしまった。

「や、ら、めっ……らめ、ええ……！　おち……ん、ち……蕩《とろ》けちゃ……あぁぁンッ！」

逃げる腰を摑んで引き戻し、大槍は達している最中のペニスを強く吸った。溢れるものはすべて嚥下《えんげ》した。精液を飲むなどもちろん初めての体験だったが、咲良のものはあっさりと飲めた。

「あぅっ……ふ、や、ぁぁ、ンン……ッ」

少年のように啼きながら射精する咲良は、大槍の目に酷く愛しく映った。精管にまで舌を入れるように先端を強く舌で押し、裏筋を指でこすり上げながら吸うと、咲良は最後の一滴まで大槍の口に射精した。

ようやく萎えたペニスを口から出すと、それはまだ完全には萎えずに、唾液と精液にまみれてヒクついていた。大槍は熱いそれに、息を吹きかけた。

「ふぁ、ぅっ……」

「溶けちゃったね……敦成のおちんちん……」

咲良は、よほど溜まっていたのだろう。禁欲でもしていたのだろうかと思うと、大槍は余計に興奮した。が、一つ、気になることがあった。

(小林と、したことがあるんだよな)

その事実が、喉に刺さった魚の小骨のように、大槍の頭から消えない。淫楽に溺《おぼ》れることで打ち消そうとしても、消せないのだ。

大槍は何かに憑《つ》かれたように淫行を続けた。

「綺麗にしてあげる」

半分萎えてヒクつくペニスを舐めてやると、咲良は大人しく足を開いた。

「……ン……ン……」

ペニスだけでなく、陰嚢も、太腿も大槍は舐めた。両手で小さな尻を開かせ、その奥にまで舌を這わせると、咲良はひときわ感じたように声をあげた。

「お尻は？　したことある？」

舐める合間に尋ねると、咲良はこくりと頷いた。瞬間、大槍の中で黒いものが吹き荒れる。

大槍は改めて咲良の秘部を眺めた。

両手で尻の割れ目を目一杯開かせ、奥に秘められた孔を露にさせる。

きつく閉じられたその孔は、やはり淡い色をしていて、綺麗な形をしていた。が、この清純そうに見える孔は、もう男を知っているのだ。

そのことが大槍を酷く苛立たせた。大槍はその時まで知らなかった。自分が酷く、嫉妬深い性格だということを。

「じゃあこっちもやるよ。いいだろ」

そう言って、やや乱暴に指を突き入れると、咲良は小さく啼いた。それで大槍は少し正気に戻る。

咲良の肉体を傷つけるのは本意ではなかった。大槍は咲良を傷つけたいのではない。自分の、女にしたいのだ。

大槍の指は、咲良の精液で充分に濡れていた。一旦引き抜き、今度は人差し指だけを、ゆっくりと入れる。きつい孔の感触は、それだけでも愉《たの》しめた。

「あ、アー……ッ」

咲良は拒むでもなく、じっと足を開いて耐えている。痛みはないことは、咲良のペニスを見ればわかった。

後ろを弄られた途端、また新たに先端を濡らしたのだ。

指を二本に増やす。今度は、中指も入れる。男にしては指は細いほうだが、女とは違い、節くれ立った指だ。それを、咲良の孔は容易く呑みこんだ。

「ア……ふ……ッ」

咲良の中は、熱かった。入り口は食いちぎられそうにきつかったが、中は女よりも緩やかで、呼吸に合わせて蠢いている。

この中に自分のペニスを入れることを想像しただけで、大槍は達しそうになる。中も、ヒクヒクと蠢いている。指に、絡みついてくる。卑猥《ひわい》な孔だった。きっと男のものを入れられても、同じ動きをするのだろう。

大槍は指を引き抜くと、咲良の顔に跨り、自身を咲良の口元に突きつけた。濡れた唇に、浅黒く太いものが突きつけられる様は、今までに見たどのポルノビデオよりも大槍の目にはいやらしく見えた。

「濡らして」

「ンン……ふ……ッ」

咲良は素直に口を開き、それに唾液を絡ませた。咲良の小さな口には、大槍のものはすべて収まらない。が、それでも咲良の舌と唇は、男の性感を巧みに捕らえた。全部含めない分だけ、先端に吸いつき、チロチロと舌先で射精口を擽った。口一杯に頬張って、吸いつきもした。

そのまま咲良の口に出してしまいたくなったが、それは後でいいと大槍は堪えた。今は、まず真っ先にしたいことがあった。

改めて躰を重ねて、大槍は咲良の両膝を深く曲げさせる。女よりはだいぶ下付きのその孔に、自身の切っ先をぴたりと宛がう。咲良の入り口は、何かを期待するようにキュンと収斂した。

「入れるよ……」

言いながら大槍は、じっくりと時間をかけて体重をかけていく。男を抱くのは初めてだった。大槍のものは、大きい。手練《てだ》れの商売女でさえ痛がる代物だ。それで咲良を壊してしまわないか、心配だった。

が、咲良のきつそうな孔は、すんなりと大槍を受け容れた。きつい入り口を亀頭が通り過ぎると、あとは済し崩しのようにずぶずぶと根元まで入った。

「ひぁ、ひぃぃっ……！」

激しく喘ぎ、乱れながら咲良が大槍にしがみつく。大槍は、夢中で咲良を抱いていた。気が付くと盛りのついた犬のように、腰を振っていた。

「あぅっ！　ン、あァッ！」

ぎゅぷ、と締めつけられる感触に、大槍が息をつめる。何度か動かすと、唾液と先走りが馴染んだのか、孔の中は少し滑らかになった。

すると今度は、ぬちゅくちゅと猥褻《わいせつ》そのものの音がした。まるで女の孔だ。

「あァ、そこ、ぉ……っ」

奥まで突き上げる途中で、咲良が頻《しき》りに切ながるから、大槍はそこを探った。

「ここ……？」

そこは、孔の中の少し浅いところにあった。大槍は狙いを定めると、そこばかり狙って腰を動かした。

「ひぁ、ぅっ……！　ンッ……！」

触れられてもいない咲良のペニスが、とろとろと熱い蜜をまた漏らし始める。咲良は、男に尻孔を突かれて感じているのだ。そう思うと、大槍は酷く滾《たぎ》るのと同時に、やはり暗く嗜虐的な気持ちにもなった。

ならば望み通りにしてやると、大槍は咲良の腰を掴み、そこばかりを突く。

「ひ、いぃっ！」

咲良の躰が、大槍の下で捩れる。

「あ、ン、奥、ぅっ……！　し、痺れ、ちゃ……あぁんぅ！」

今度は奥をねだられて、大槍は言われた通りにしてやる。さっきも出したくせに、咲良はまた、射精した。男のもので、奥を突かれて射精したのだ。

「あんた……」

酷く興奮しながらも、大槍の声は冷たかった。

「どれだけ男に、抱かれたんだよ……」

大槍はずっと耐えてきた。

咲良を、そういう目で視《み》てはいけないと、自分を戒《いまし》めてきた。

「俺が、どんな想いで……」

今まで、我慢を。

「畜生……ッ」

犯し抜いてやる、と決めて。

大槍は、体位を変えた。一旦引き抜き、咲良の躰をひっくり返す。咲良の腰を雌犬のように高く掲げさせ、その尻の真ん中に、再び自身を突き立てる。

一度拡げられた孔は、また容易く大槍を呑みこんだ。

「あぐぅっ！　ン、あァんぅっ！」

皮膚がぶつかり合う音と、粘液がこすれる音。後ろから犯される咲良はまるで、強姦されているようだった。自分の意思では、何もできないのだ。

「ひぁぁ、ひぃっ！」

「はは……またイッた……」

尻だけで咲良をイかせて、大槍は歪んで嗤う。

「俺も気持ちいいよ……あんたのここ、コリコリしてる……」

「あぅッンッああンンッ！」

腰を止めて、そこだけに狙いを定めてコリコリと亀頭で嬲ってやると、咲良はシーツに顔を突っ伏して啼いた。

そのうちに大槍も、射精していた。咲良の孔から精液が噴き出すまで、大槍は咲良を犯し続けた。やがて咲良が気を失い、大槍が三度目の射精を終えて、ようやく狂宴は終わりを迎えた。

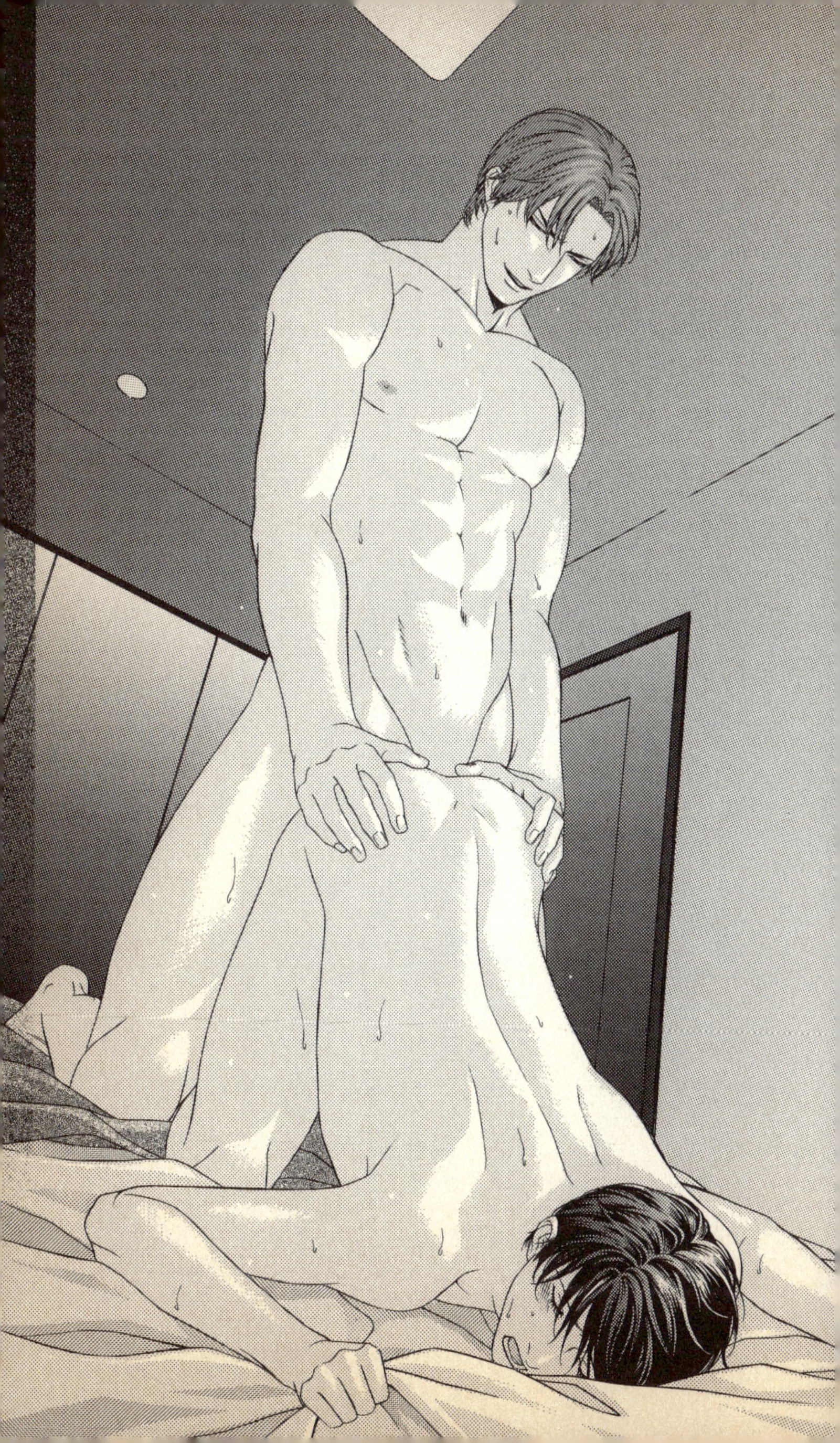

目を覚まして、事実を知った咲良は嘔吐した。介抱に当たろうとした大槍は、咲良に拳で殴られた。

一発、二発ではなく、何度も、何度も。

大槍はまったく抵抗せず、ただされるがままだった。額からも口からも血が溢れた。殴りつける咲良の拳もまた、傷ついた。

それでも大槍は、最後まで、謝罪はしなかった。

小林を亡くしてから、初めて誰よりも信じた部下に犯されたことで、咲良は心を閉ざした。大槍を北海道に異動させたのは、その直後のことだった。

私的な感情で人事を決めるのが如何《いか》に愚かなことかわかっていても、咲良はもう限界だった。大槍が、あれは気の迷いだった、二度としないと誓ってくれれば、やり直す機会はあった。が、大槍は、どれほど咲良に責められても、絶対に謝罪はしなかった。

『貴方が最初に、間違えたんだ』と。

別れて過ごした三年の間、片時も咲良を忘れられなかった大槍は、歪んだ。三年ぶりに再会した大槍は、もはや咲良の目には別人のように映った。

大きな子犬のように咲良を慕った彼は、もうどこにもいなかった。

5

相変わらずの雨の中を、咲良《さくら》は走っていた。ここ一週間、雨は降り続けている。山間部では堤防が決壊したとか、川が氾濫したなどというニュースが飛び始めた。今年の雨は異常だと、咲良は濡れながら溜め息をつく。

コンビニの軒下に逃げこんで、忌々《いまいま》しい雨空を睨《にら》みつける。正確には、忌々しいのは雨ではない。

(何をやってるんだ、あいつは)

毎日毎日、咲良を監視するように送り迎えをしていた大槍《おおやり》が、今日は来なかった。時刻は午後八時。珍しく早く帰れるというのに、お陰で咲良は歩く羽目になった。通常なら、課員の帰宅以降の行動にまで咲良は口を出したりしないし、出したくもない。が、大槍だけは別だ。何せ、咲良の車の鍵を握っている。

(人の車で、どこまで買い物に行ったんだ)

咲良は苛々と腕時計を見た。退庁前、大槍は咲良の車に乗って「ちょっとコンビニへ出かけてきます」と出かけていった。が、一時間待っても戻らないことに痺れを切らし、咲良は傘も持たずに最寄りのコンビニまで来てしまった。傘も車の中に起きっぱなしだ。庁舎を出た時は小雨だったから、徒歩十五分程度の距離ならやり過ごせると咲良は踏んだが、甘かった。折悪しく、道の途中で雨は本降りになった。

しかも、いつものコンビニに大槍の姿はない。てっきりここだろうと目星をつけた咲良は、苦虫を噛み潰したような顔になる。コンビニだから傘は入手できるが、ここまでずぶ濡れになったら今さら傘を買うことに意味があるとも思えない。

一体どうやって大槍を責め立てようかと考えている間に、雨で白く煙る道路の向こうに大槍らしき影が見えた。横断歩道の人混みに紛れ、背中を軽く丸めて歩いてきている。両腕が不自然に閉じられているのが気になった。おまけに大槍までずぶ濡れだ。一体何事かと、咲良は目を丸くした。

大槍は、咲良の前まで辿り着くと、少し困ったように笑って言った。ずぶ濡れのジャケットの胸元が、不自然に膨らんでいる上にもぞもぞと動いている。まるでエイリアンを身籠《みご》もった女の腹のようだと咲良は思った。

「川に突き飛ばされて、九死に一生を得ました。犯人はK国諜報員です」

「な」

突拍子もない『言い訳』に、強張っていた咲良の肩から力が抜ける。

大の男が二人、ずぶ濡れで会話している姿に、官庁街を行く人々がちらちらと奇異の視線を送る。

怒鳴る気力も失せて、咲良は思わず、真面目に聞いた。

「何を、言ってるんだ」

「冗談ですよ」

「それはわかってる」

怖々と、咲良は大槍の胸元に手を伸ばした。台無しになった上等のスーツから、黒い本革が垣《かい》間見《まみ》える。

小さく丸い本革は、ヒクヒクと蠢《うごめ》いていた。間違いなく、犬の鼻である。咲良はその鼻先を、ピンと指で弾いた。

「あ」

と、大槍が腕で庇《かば》うような仕草をする。

「いじめないで下さいよ」

「別にいじめてない」

言い捨てて咲良は、コンビニの店内に入り、レインコートと傘を買った。レインコートはもはや雨よけではなく、ずぶ濡れのスーツを隠すためのものである。

咲良はギリギリで既製品が着られるが、日本人離れした体格の大槍にとっては、袖も丈も短すぎる。いっそ着ないほうがマシだろう。大槍自身もそう思ったのか、レインコートは買わなかった。

感情を押し殺して、咲良は短く聞いた。

「車は」

「駐車場に戻しました。まさか咲良さんがそこまで短気だと思わなかったもので」

「なぜ運転してこなかった」

「この状態で運転席に座ったら、大変な惨事になりますけど。ご許可いただけるなら運転します」

「その前に言うことがあるだろう」

「はい、すみません」

珍しく大槍が素直に謝罪した。本当に、珍しく。

否、もともと大槍は素直な性格だった。咲良と別れ、再会して以降の彼がおかしかったのだと、咲良はよく知っている。

振り返らずに、咲良は思う。

(犬が好きだったな、おまえは)

以前にも似たようなことがあったから、今の大槍がどのような行動を取ったのか、咲良には手に取るようにわかった。この近くには川がある。大方、大槍はその川に犬がいるのを見つけてしまったのだろう。長雨で川は溢《あふ》れている。欄干《らんかん》の下に住み着いていた犬が溺《おぼ》れていても、不思議はない。

大槍と出会って間もない頃にも、よく似た『事件』があった。捜査対象者が逮捕され、マンションに残された犬に行き場がなくなり、管理人が捜査官に連れていってくれとごねた。普通ならそちらで保健所に連れていけと突っぱねるところだが、大槍はなんと、その犬を引き取ってしまった。

示しがつかないだろうと咲良はその時大槍をこっぴどく叱った。あの時の大槍はまだ若く、素直で、それこそ飼い主に叱られた大きな犬のように悄気《しょげ》ていた。

振り返らなくても、咲良には気配でわかる。

今の大槍は、昔の彼だ。

咲良が小林《こばやし》の面影を重ね、汚してしまう前の、彼自身だ。

「飼えないだろう」

「わかってますよ」

短く会話しながら、本庁駐車場へと向かう。雨が少し優しくなった。あの時大槍が助けた犬は、運良く課員の身内に貰われた。一人暮らしで多忙を極める警察官僚に、犬など飼えるはずもなかった。そもそも、当時大槍が住んでいたマンションは規約でペット飼育が禁止されていたはずだ。

そこで咲良は、今、大槍がその同じマンションに戻っていることを思い出した。

「どうするんだ。連れて帰る気か」

「咲良さんのマンションは、ペットが飼えますよね」

まさか、と咲良は足を止める。

「うちに連れてくる気か」

「はい。お願いします」

言葉は丁寧だが妙に図々しく、大槍が懇願する。咲良はにべもなく拒絶した。

「ペットホテルか獣医に預けろ」

「その前に風呂に入れさせてやって下さい。泥だらけで震えていて、可哀想《かわいそう》だ」

「おまえの口から可哀想なんて言葉が出るとはな」

精一杯の皮肉だった。再会して以降、大槍という男が何をしてきたかを考えれば当然だと咲良は思うが、しかし。

「風呂だけだぞ」

咲良も犬は嫌いではなかった。大槍の頼みを聞き入れたのではない。犬に情けをかけたのだと、咲良は自分に言い聞かせる。

大槍は、自分の服の中に向かって話しかけた。

「ありがとうございます。よかったな、茶助《ちゃすけ》」

「名前をつけるな」

すかさず咲良は指摘した。犬を風呂で洗うだけでは済まない予感が、咲良はした。


大槍によって茶助と名付けられた茶色い子犬は、咲良の部屋で勝手気ままに振る舞った。観葉植物を倒し、絨毯《じゅうたん》の上で放尿し、スリッパに齧《かじ》りついたところで咲良の手によって『お縄』となった。子犬を抱えて、咲良は途方に暮れた。

「どうするんだ、これ」

「二十分待っていただければ、すべて解決します」

シャワーを浴びて出てきた大槍が、胡散《うさん》くさい笑顔で咲良に言う。先にシャワーを浴びた咲良は、髪の毛から水滴を滴《したた》らせながら大槍を睨みつける。

「何が解決するんだ」

「諸々です。暫《しば》しお待ちを。ついでに何か買ってくる物は？」

「歯ブラシが切れてる」

「了解です」

思わず反射的に咲良は答えてしまった。歯ブラシを切らしているのは事実だったが、これでは大槍の術中に嵌《はま》ってしまったようだ。大槍は濡れた髪も乾かさず、勝手に置いてある私服に着替え、車の鍵を摑んで出て行ってしまった。

「……どうするんだ、これ」

再び咲良は、犬を抱いたまま呟いた。犬は荒い息を吐きながら、無心に尻尾を振っている。都心に位置するこのマンションからなら、往復二十分もあればデパートに行って買い物ができる。些《いささ》か駆け足に過ぎるタイムスケジュールにはなるだろうが、大槍なら可能だろう。嫌な、途轍《とてつ》もなく嫌な予感が、咲良の頭に渦巻いていた。

予告した通り、大槍は二十分で部屋に戻ってきた。両腕からはみ出しそうなほど大きな荷物を抱えている。大荷物を床に置き、もののついでのように、大槍は黄色いビニール袋を咲良に差し出した。

「歯ブラシです」

「……それは、なんだ」

歯ブラシの包みを受け取りながら、咲良の視線は床に置かれた大荷物に釘付けだった。

『それはなんだ』と聞かなくても、パッケージと大きさから大凡《おおよそ》の予想はついていたけれど。

大槍が、妙に得意げに説明を始める。

「まずはケージですね。ここに入れれば悪戯《いたずら》はできません。あと、トイレ用シーツ。これに排泄するように躾《しつけ》れば楽ですよ」

「……おい」

「餌はドライフードのみをお勧めしますね。ウェットフードだと歯が汚れやすくなりますから。あと人間の食べ物は与えないように。塩分の摂りすぎで腎臓を傷めますし、ドッグフードを食べなくなりますよ」

「おまえ」

犬を抱いたまま、咲良は無理矢理大槍の話を遮った。

「本気で犬をここに置いていく気か」

「世話は俺が全部しますから、咲良さんは撫でたい時にどうぞ撫でて下さい」

「撫でたりしない」

「今、抱いているじゃないですか」

「こいつが暴れるからだ」

咲良が犬を手放すと、犬はここぞとばかりにさっき取り上げられたスリッパに向かい突進した。

大槍が、スリッパの代わりに犬用のガムをその口に突っこむ。

「おまえが囓っていいのはこれだぞ、茶助」

「出て行けよ。明日には犬を連れて出て行け」

「じゃあ今日はいいんですね。ありがとうございます」

あ、と咲良は慌てたが、遅かった。すっかり大槍のペースに嵌められている。そもそも咲良自身が、犬に情けをかけたのも敗因だった。この雨の中、再び犬を河原に追いやるのは咲良だって忍びない。

（……勝手にしろ）

放っておけばまた、大槍が犬の貰い手を探してくるだろう。咲良はそう諦めて、キッチンへ向かった。夕飯はまだ食べていない。さすがに腹が減ってきた。

すかさず大槍がご機嫌を取りにやってくる。

「何か作りますよ」

「当たり前だ」

犬とおまえを置いてやるんだからなと、咲良はむくれた。食事をする前から、咲良は猛烈に眠かった。こんなに健やかな眠気を感じるのは、何年ぶりかと思う。間抜けな犬の顔を見ていたら、眠くなった。

明日は久々の休日だ。

目を覚まして、真っ先に大槍の顔が目に入ったものだから、咲良は息が止まりそうになった。シーツから、いつもと違う洗剤の匂いがする。自分で買うのとは、明らかに違う香りだ。それを吸いこんだ途端、ああ、と咲良は合点《がてん》して息を吐く。大槍がこの部屋にいるのだということを、改めて思い出す。

傍《かたわ》らで眠る大槍は、まだ目を閉じたままだった。微《かす》かな寝息も耳に入る。咲良はそっと、ベッドサイドに置かれた時計を見た。

まだ夜も明けきらぬ時間だった。今日は本当に珍しく、二人揃っての休日だ。このところ激務の連続だった。

大槍をもう少し寝かせておいてやるために、咲良もじっと目を閉じた。自分が起き出したら、大槍も目を覚ましてしまう。それは避けたかった。夜中には鳴いていた犬も、今はリビングに据え置かれたケージの中で安らかに眠っているだろう。

白い天井を、咲良はじっと見上げる。こんなふうに無為に過ごすのは、久しぶりだった。

額田真二朗《ぬかたしんじろう》は、再び収監された。あれから大槍は、自宅に帰らなくなった。ずっと咲良の部屋にいる。咲良とともに出勤し、咲良とともに帰宅する毎日だ。

そういう日々を七つほど過ごしたが、あれ以降、セックスはしていない。

かつて大槍が呻《うめ》くように囁いた、如何《いか》にも彼らしくないあの言葉が、咲良の耳からどうしても消えない。

否、『らしくない』のは『今』の彼に限ったことであって、本来大槍は、そういう男だった。同じ台詞《せりふ》を、咲良は過去に言われていた。

『寄りかかって下さい』

無理だ、と咲良は首を振る。人に寄りかかるのも、才能が要る。咲良にはその才能が、決定的に欠けていた。

『それが駄目なら、せめてそばにいさせて下さい』

嫌だとは、咲良は言えなかった。それは紛れもなく、咲良の願いであり、欲望でもあったからだ。

本当は、大槍をそばに置きたい。離したくない。どんな女にも、男にも、渡したくない。けれど。

このところ大槍は、まるで腫《は》れ物に触るような、微妙な距離を保って咲良に接してくる。急に掻き抱いたかと思えば、突き放す。冷たく当たったかと思えば、急に優しくする。

もともと大槍は器用な男だったはずなのに、離れていた僅《わず》か三年の間ですっかり不器用になってしまっていた。

(違う、か)

不器用にさせてしまったのだと、咲良は自省する。自分が大槍を、そこまで追いつめたのだ、と。

咲良はじっと、大槍の寝顔を見つめた。カーテンの隙間から差しこむ夜明けの薄明かりが、大槍の頬を照らしている。

丸みのない、綺麗《きれい》な曲線を描いたその頬に、咲良は不意に触れたくなった。それでも見ているだけで堪《こら》える。

今触れたら、きっと大槍は目を覚ましてしまう。

(——ずっと)

このままずっと夜が明けきらずに、眠る大槍の顔を見ていられたらいい。目が覚めればまた、傷つけ合うだけかもしれない。

だったらいっそ、このままでいて欲しい。

ずいぶん前から、咲良は大槍に恋をしていた。多分、大槍が自分を想う以上に、自分は大槍を愛していると咲良は思う。

「……………ん」

大槍の口から、小さな声が漏れた。まるで咲良の視線に気づいたかのように、大槍は目を覚ました。

大槍は、目を開けてすぐに咲良を視界に捉えた。ぼうっとしている大槍の顔は、一緒に暮らしていないと見られない。ただでさえ大槍は、他人に隙を見せたがらない。この顔が見られただけでも、得をしたと咲良には思える。

ベッドサイドに置かれた眼鏡をまさぐりながら、大槍は咲良に聞いた。

「今、何時です……?」

「まだ五時だ。寝てろ」

咲良は大槍の肩に、毛布をかけた。梅雨は未だ明けきらず、明け方の空気は肌寒い。大槍はまだ眠そうに、頭を上げる。

「仕事、行かないと」

「今日は休みだ、馬鹿」

咲良に指摘されて、大槍は初めて思い出したように「あ」と呟いた。寝惚けるなんて、彼にしては珍しいことだと咲良は少し、笑いたくなる。すっかり仕事に行くつもりだったのだろうか。急に気が抜けたように、大槍は枕に顔を伏せる。

咲良はその後頭部に、ぽんと手を置いた。

「寝てろ。いいな」

目を逸《そ》らしたまま咲良が命令すると、大槍は一瞬だけ不思議そうな顔をして、次に微笑んだ。

「はい」

やけに素直に返事をして、大槍はベッドに横たわる。大槍は寝る時、何も着ない。締めつけられる感じが嫌なのだという。

こちらが落ち着かないから何か着ろと咲良は言いたかったが、毎日毎日、ほぼ一年中ネクタイを締めなければいけない仕事だ。大槍のように、せめて寝る時くらいは解放されたいと思うほうが正常かもしれないからと咲良は文句を押し殺した。

寝てろと言われても、一度目が覚めてしまったら二度寝はできないたちなのだろう。大槍は、手早く下だけ穿《は》いて寝室を出て行く咲良を追ってきた。

構わず咲良は、キッチンへ向かう。ケージの中で子犬が激しく尾を振り、吠えた。

冷蔵庫を開けて、咲良は暫し、思案した。卵とハム、これにコーヒーくらいはある。パンは、コンビニへ買いに行けばいい。それだけで立派な朝食だ。まずは卵を焼くかと数年ぶりにフライパンを取り出すと、後ろから感嘆の声がした。

「うわあ……」

「なんだ」

パジャマ姿のまま、咲良が不機嫌そうに振り返る。大槍が、スウェットの下だけ穿いた姿で指をさしていた。

「咲良さんの、手料理?」

「嫌なら食べなくていい」

茶化しに来たのかと、咲良はムッとしてシンクのほうを向く。背中に、温かい感触があった。

「嫌じゃないですよ。ただ」

大槍の胸板が、咲良の背中に密着している。大槍の体温は高い。咲良の、冷えた背中に熱が伝わってくる。

その熱を、咲良は表皮でも体内でも知っている。

「久しぶりだったから」

耳元で囁かれて、咲良は顔を紅《あか》くした。いつもなら突き飛ばすところだが、今日はそれをしなかった。

久しぶりだと大槍は言ったが、咲良は手料理など一度しか作ってやったことがない。それも、料理などとはとても呼べない代物だ。まだ大槍が、新人だった頃の話だ。

大槍は、なんでもありがたがってよく食べた。もっと美味いものがいくらでも食えるだろうに、咲良の手料理ばかりをありがたがった。

（女じゃ、あるまいし）

馬鹿馬鹿しいと、咲良は俯《うつむ》く。女の真似事は、躰の関係だけで沢山《たくさん》だと思う。

その反面で、咲良は大槍に優しくしたくて堪《たま》らない。大槍が望むことを、なんでもしてやりたくなる時がある。

矛盾しているとは自分でも思うから、咲良は大槍の顔を正視できない。

「咲良さん」

密着したまま、耳元で名前を呼ばれる。咲良の肩越しに、大槍の顔が傾けられ、近づいてきた。

咲良は片手で、大槍の口を塞ぐ。

「やめろ」

「キスだけ」

「嫌だ」

シンクの下から包丁を取り出して、刺す真似を咲良はした。

大槍は、困ったように笑っている。

「本当に、キスだけだから」

「寝てろって言っただろう」

「もう眠れません」

大槍が喋《しゃべ》るたびに、手のひらが唇で擽《くすぐ》られる。咲良が思わず手を引くと、代わりに唇が寄せられた。また犬が吠えた。先に餌をやらないと黙らないのではないかと、咲良は気が気でない。が、大槍は咲良から離れない。

咲良は包丁を置き、仕方なくそれを受け容れる。

微かな髭の感触が、咲良の顔に触れた。大槍は今朝はまだ髭をあたっていない。咲良は、なかなか髭が生えない。髭を剃るのはせいぜい二日に一度で済む。

大槍はそういうわけにはいかないのだろう。毛深くはないが、人並み程度には毎日剃らないといけない。

(ああ、でも)

性器の付近は、大人の男らしく、濃かった。そのことを思い出して、咲良の躰は軽く熱を持つ。

無意識のうちに、キスに応える。

「……ふ……」

唇の隙間から差しこまれた舌に、咲良も舌を絡ませる。すると、キスが深くなる。最初は重ねるだけだった唇が、さらに強く押しつけられる。

「ン……ッ」

咲良の膝から、軽く力が抜けた。膝をつくほどではなかったけれど、一瞬崩れそうになったのを察した大槍が、咲良の腰を支える。

長く、執拗《しつよう》なキスだった。

口の中が、大槍の味になる。その味と匂いは、咲良を興奮させた。

熱い手のひらが、パジャマの裾をくぐって咲良の胸に触れようとする。咲良はようやくキスから逃れ、抗《あらが》った。

「キス、だけだ、って……」

「すみません、でも」

大槍が、含み笑いに交えて告げる。

「咲良さんも、勃ってる」

大槍の膝が、咲良の股間を軽く押す。咲良はカッと顔を赤らめ、横を向いた。やっぱり包丁を下ろさなければよかったと後悔した。刺せるはずもないけれども。

咲良の『反応』に気をよくした大槍は、そのまま咲良を抱こうとした。背後から咲良の躰をまさぐり、服を脱がせようとする。

「い、やだ……っ」

咲良は大槍の腕から逃れようとしたが、キスだけで、力が入らなくなっていた。他の男には感じない異常な欲情を、大槍には感じる。それは否定できない真実だった。

(あ、あ、で、も……)

痺れそうになる頭で、咲良は懸命に考え続ける。今、抱かれるのは怖かった。たった一週間の禁欲で、咲良の躰はすっかり飢え渇いてしまっている。

今、されたら、多分酷く乱れる。酷く淫らなことを、口走ってしまう。それが怖かった。大槍ならばきっと「何を今さら」と嗤《わら》うだろう。が、咲良はもう、あんな無様《ぶざま》な姿を大槍には晒《さら》したくないのだ。

今からでも、咲良はやり直したかった。大槍との関係を。

「嫌、だ、って……っ」

パジャマのズボンに手を入れられ、性器を直接握られて、咲良は遮二無二《しゃにむに》身を捩《よじ》る。が、大槍の手のひらは咲良の陰茎を包みこみ、離してはくれない。

「ンッ……」

パジャマの中で、咲良のものがどんどん質量を増していく。大槍の指が、咲良の先端に少しだけ残っていた皮を器用に剝《む》き下ろす。

「ひ、ゃっ……」

弱点を剝き出しにさせられて、咲良はシンクについた手に力をこめた。見えなくても、自分のそこがどのように扱われているかはつぶさにわかる。

剝き出しにされた亀頭の先を、指でつままれている。人差し指と親指とで挟まれ、揉みこむようにされ、咲良のそこは早くも先端の孔《あな》から蜜を溢れさせていた。

(あ、あ)

声には出さずに、咲良はその快感を味わう。自分の手でするより、ずっと激しい快感が伝わる。自慰は、好きではなかった。罪悪感ばかりが残るからだ。そのせいで咲良は、性欲を上手く解消することができない。

だから余計に、大槍とのセックスに耽溺《たんでき》したのかもしれなかった。

「あ、ン……ッ」

遂《つい》に、堪えていた声が漏れた。白い喉がひくりと震えて、仰け反る。じりじりと亀頭ばかりを苛められた後、竿の部分を手で包みこすられて、咲良はシンク横のカウンターに突っ伏した。腰を突き出すようなその体勢では余計に嬲《なぶ》られやすくなってしまうのに、咲良にはもうそこまで考えられない。

ちゅく、と濡れた音がズボンの中から響く。濡れ始めた咲良のペニスが、大槍の手のひらでこすられる音だ。

「は……ン……ッ」

上体を突っ伏したまま、咲良は小さく腰を振っていた。もっと強くして欲しいのに、大槍がしてくれないからだ。

(あ、そこ……)

裏筋の膨らんだ部分をコリコリと弄《いじ》られて、咲良は顔を赤らめじっと目を瞑《つむ》る。じわりと熱いものが、下腹にこみ上げてくる。

(そこ、嫌、だ……)

陰嚢《いんのう》と肛門の繋ぎ目の辺りを丸くなぞられ、咲良はぞくりと背筋を粟立《あわだ》たせた。そこは、性器ではないはずなのに酷く感じる。

「ここを押すと、孔までヒクヒクする……やらしいな」

「い、ゃっ……!」

指摘されて咲良は、腰を引こうとした。が、後ろにも前にも逃げ場はない。本気で逃げるつもりがなければ、そのまま弄られ続けるしかない。

大槍は咲良の恥部を弄りながら、咲良の微細な部分にまで言及した。

「袋、張りつめてる……」

「ン……」

陰嚢を軽く揉まれて、咲良は奥歯を食いしばる。裏筋も、痛いくらいに張りつめたままだ。

「貴方は女を知らないんですよね」

「う……」

咲良のそこを弄りながら、大槍が言葉で嬲る。

「女の中に入れるより、男にしゃぶられるほうが好きでしょう」

「ひ……ッ」

大槍の言葉に、微かに嗜虐《しぎゃくてき》的な響きが含まれたのは、咲良が他の男に抱かれた過去がある所《せ》為《い》だろう。大槍の独占欲は、異常とも呼べる部類だ。

(仕方が、ないじゃないか……)

あの頃は大槍がいなかった。小林は手に入らなかった上に、死んでしまった。そんな過去のことまで責められても、咲良にはどうしようもできない。

せめてもの謝罪であるかのように、咲良は躰を開く。咲良の太腿がほんの少し開かれたことで、大槍の機嫌も少しだけ直ったようだった。

「あァ、ンぅっ……」

咲良は少し長く啼《な》いた。亀頭から裏筋まで、強く、何度もこすられた刹那《せつな》だ。その指はそのまま、ヒクつく後孔に押し当てられた。

「う……ッ」

入り口に触れられただけで咲良の背中は撓《しな》る。指の腹が、咲良の蜜口を優しく撫でている。

「もう腫れてはいませんね」

確かめるように、大槍が言った。連日の荒淫で、咲良のそこは少し腫れていたのだ。

もしかしたらそれを慮《おもんぱか》って、大槍は一週間、手を出してこなかったのかもしれないと咲良は思った。

けれど、そんなことを咲良は望んでいなかった。もっと、滅茶苦茶《めちゃくちゃ》にして欲しかった。傷ついてもいいし、血が出てもいい。それでも、あの快感を味わいたかった。

「はァッ……」

窄《すぼ》まりを、何度も指でなぞられる。まだきつく閉ざされたままの皺が、小さく拡げられる。

(もっと……奥……)

それじゃあまだほんの入り口だ。一番感じる箇所にはほど遠い。ただ、もどかしさだけが残るのだ。

咲良は、何かを言いたげな目で大槍を振り返った。

その瞬間、大槍は指を進めた。

「一番感じるのは」

「あ……！」

まだ固い入り口を割るように、指が入ってくる。一週間も放っておかれた淫らな孔は、久しぶりのご馳走にしゃぶりつくように蠢いた。

「は……っ」

「孔の中……この辺り」

入り口から少し奥、浅いところで、指が動く。食いちぎらんばかりの勢いで、指を締めつけてしまう。

しかし指先は本当に、ただ触れるだけだ。

いつものように、強くしてはくれない。

（もっと、強く……）

言葉にできない欲望を、尻を振ることで訴える咲良に、大槍は甘く微笑みかける。

「ああ、そうでもない？　ここも、ここも、全部感じるんですか」

「あうっ、ひっ」

狭隘《きょうあい》な孔の中を全部弄られて、咲良は喉を反らせた。指が、ぬくぬくと出し入れされる。それが中指なのだと、咲良は見なくてもわかる。

大槍の肉体のことならば、なんでも知っている。指の太さも、胸板の厚さも、性器の形状までも。

「あァ、あ……っ」

また少し長く、咲良は息を吐く。大槍の指摘通り、感じるのは前立腺の辺りだけではなくなっていた。

入り口も、奥も、浅いところも、全部感じる。

まるで孔全体が性器のようだった。

女の躰もこういうふうにできているのだろうかと、咲良はふと考えた。自分の肉体は、女より酷いのではないかと不安になる。

が、大槍にとってその変化は歓迎すべきものだったのだろう。咲良を嬲る指が、より一層激しさと淫靡《いんび》さを増す。

「や、んぅっ」

「足りないんですよね？　指なんかじゃ」

大槍の声にも、熱が籠《こ》もる。咲良のズボンが、下着ごと下ろされる。咲良はその場にしゃがみこもうとしたが、大槍がそれを止めた。

咲良の上体をシンクに預けさせたまま、大槍はその場に膝をつき、咲良の臀部《でんぶ》に顔を近づける。熱い息を肌に感じて、咲良は眦《まなじり》に涙を浮かべた。

今度は両手を使って、大槍は咲良の孔を暴く。大槍の両手が、咲良の尻にぴたりと添えられる。そのままぐいと左右に拡げられ、隠されていた排泄孔が丸見えになる。大槍は暫しそれに見入っていた。

「見、るな……ッ」

今さらだとはわかっていても、まじまじと見られることには恥じらいを感じた。自分の孔が、今、どのようになっているのか。考えるだけでも、羞恥で躰が焼けるようだった。

大槍は、キュッと収斂《しゅうれん》した皺の一本一本を愛おしむようになぞった。咲良の太腿の内側が、痙攣《けいれん》している。感じすぎているせいだ。

こんな焦れったさが続くのなら、咲良はいっそ痛みが欲しかった。

不意に孔を拡げられて、咲良は喉を仰け反らせる。

「う、ぁっ……！」

「凄いな。奥まで、ヒクヒクしてる」

咲良の『反応』を、大槍はそう揶揄《やゆ》した。キッチンのシンクの冷たさが、熱くなった咲良の亀頭を少しだけ冷やす。が、それも焼け石に水だ。咲良のものはもう、完全に勃起してしまっている。

シンクの扉に、咲良の漏らす先走りが伝い落ちる。

「ふぁあ……っ」

孔ではなく、後ろからまたペニスに触れられて、咲良は甘く啼く。

気が、狂う。そう思った。正気でなくなってしまう。きっとまた、淫らなことを叫ぶ。嫌だ、と咲良はかぶりを振る。

「お」

心とは裏腹に。喉から搾《しぼ》り出すような声が、漏れる。駄目だと理性は叫ぶのに、躰が、止まらない。

「犯し、て……」

言ったと同時に、指が二本、突き立てられた。咲良は、絶叫にも近い声をあげた。

「ひぁ、ひぃぃっ！」

骨張った男の指で熱く疼《うず》く内壁を抉《えぐ》られて、咲良の性感は簡単に極まった。まだ濡らされてもいない媚肉の隧道《すいどう》が、ぎゅぷ、と強く指を締めつける。

「あ、ァ」

痙攣を続けている先端の射精口から、どくどくと白濁液が溢れ続ける。射精している最中の、咲良の中は、酷く貪欲に蠢いている。

我知らず大槍の喉が鳴った。達している最中の咲良の『中』を、自分自身のもので味わわなかったことを後悔しているのだろう。それでも表面上は平静を装って、大槍は微笑みながら呟いた。

「指くらいで大袈裟ですね」

ゆっくりと指が引き抜かれていく。その感触にさえ咲良は感じて、身悶えた。

「ずっと思っていましたけど」

もう一度背中から覆い被さって、大槍は囁く。背中から伝わる熱が、咲良を安堵《あんど》させると同時に、また熱を煽る。

「貴方、淫乱すぎる」

「……ッ……」

指摘されて咲良は、悲しく目を曇らせた。他の誰に言われるよりも、大槍にそう言われるのが一番、悲しかった。

大槍は謝罪のキスを、咲良の髪にした。

「責めてるわけじゃありません。ただ」

立ったまま、咲良は大槍のほうを向かされる。

「俺以外の誰にも、見せないで下さい」

やはり咲良は答えず、無言のままだった。

自分はいつか、大槍と別れる。そういうものだと、咲良は信じている。

咲良は、大槍に幸せになって欲しい。

そのためには、自分のそばにいさせてはいけないのだ、と。

咲良の真意が、口に出して言わずとも大槍にはわかるのだろう。咲良のその意固地さが、いつでも大槍から優しさを奪っていることに咲良自身は気づかない。

大槍は、シンクに寄りかからせた咲良の足下に跪《ひざまず》き、その秘部へ顔を寄せた。咲良が、咄嗟《とっさ》に大槍の髪を摑む。

「今さらじゃないですか」

大槍の唇が、一度達して萎《な》えている咲良の陰茎へと近づいてくる。咲良はぎゅっと目を閉じた。

チュ、と音をたててキスされて、咲良は後ろに腰を引く。が、逃げ場はない。臀部が、シンクの冷たい扉に当たるだけだ。

「口のほうが、いいでしょう?」

唇と舌で、大槍が咲良を誘惑した。咲良の肉体は、すでにその快感を知り尽くしている。自分の手では絶対に得られない、全身が痺れるようなあの快感を。

それでも咲良が髪を摑む手を離さないから、大槍はそこに息を吹きかけた。

「ン、ぁっ……!」

自身の精液で濡れそぼち、肌に張りついた薄い陰毛に、吐息が触れる。

「ちゃんと、いつもみたいにしゃぶらせて……意地悪しませんから」

嘘だ、と咲良は首を振る。

そうやっていつも大槍は、酷く焦らすような意地の悪いセックスをするのだ。もはやそれは彼の癖なんじゃないかとさえ咲良は疑っている。

「ンッ……」

大槍の髪に置かれた手に、力が籠められた。大槍の口が開かれ、濡れたペニスが含まれた刹那だ。くぷ……と温かく湿った口腔《こうこう》の感触に、咲良自身が包まれる。

「あ、ァ」

頭の芯がじんと痺れて、咲良は目を瞬かせた。たかが、銜《くわ》えられただけなのに。それだけで咲良のそこは、蕩けそうだった。

「ふ、ぅ……っ……ン、うぅっ……!」

いきなり強く、亀頭を吸われた。精管に残っている僅かな精液を吸い出される感触に、咲良は甘い息を吐く。

一度達した後だから、ゆっくりと快感を味わうことができた。

そろりと、咲良の手が大槍の頭に置かれる。もう、髪を引っ張って引き離そうともしない。消極的な許容の仕草だ。

視界の下方で、ちゅく……ちゅぷ……と音をたてて自分のペニスが吸われているのを、咲良はうっとりと見ていた。

(気持ち、いい……)

大槍の口の中で、咲良のものが緩やかに膨らんでいく。が、咲良はすでに、そこだけでは満たされなくなっていた。

本当に欲しい箇所は、未だ空洞のままだ。

立ったまましゃぶられるのも、咲良にはつらかった。さっきからずっと、膝が笑っている。今にも腰が砕けてしまいそうだが、大槍が器用にそれを支えて、許さない。

腰を支えていた手が、そろりと後ろに回される。咲良は「あ」と声を出し、喉を震わせ、顎を引いた。

欲しいところに、指が、触れた。

「は……っ……ン……ッ」

人差し指の腹が、咲良の入り口を、ゆるゆると擽っている。

そのまま、さっきみたいに、もっと、奥まで。

口には出せない欲望を、咲良は頻《しき》りに仕草で伝えようとする。腰を前後に揺するせいで、大槍の口に含まれたものまでもがぬぷぬぷと出し入れされる。

「あぅ、んぅっ……」

しゃぶられたまま、入り口だけを弄られ続けて、咲良はどうしようもなく焦れた。せめて指だけでも、入れて欲しかった。

中はもうすっかり蕩け、熱を持ち、蠢いている。これ以上の愛撫は、欲情しきった躰には拷問に等しい。

「う、ぁぁ……ひッ……」

指が、第一関節まで入れられる。熱く蕩けた孔は、物足りない、というように、ヒクつきながらそれを呑みこんだ。これだけで達してしまったら、きっとまた、眠れなくなる。咲良はもう、限界だった。

「お、おおや……り……っ」

甘ったるい声で名前を呼ぶが、無視される。咲良は大きく息を吸いこみ、呼んだことのない名前を呼んだ。

「理《まさ》、人《と》……」

弾かれたように大槍が顔を上げ、咲良を見る。

大槍の顔には、明らかな驚愕が浮かんでいた。咲良は今まで、ただの一度も、大槍を名前で呼んだことはなかった。

その意味に気づいたのか、大槍の顔から少しだけ余裕が消える。大槍の肉体の変化を、咲良は見逃さない。

さっきより、大槍も欲情を深めている。咲良は大槍の、牡の部分を想像した。さっきから、酷く興奮しているのは知っている。

大槍は咲良のものを口から出した。咲良の後ろをまさぐっていた指も、ツ……と糸を引いて離れていく。

もう一度咲良は、後ろを向かされた。

大槍が、咲良の腰に手を添えて告げる。

「自分で、拡げて」

咲良はひくっと喉を震わせた。大抵の、酷いプレイはされてきた。なのにまだ、咲良は大槍の肉体に慣れきってはいない。足りないのだ。いくら貪っても、貪られても。

じっと震えている咲良を、大槍が急かす。

「可愛くねだって下さい。そうしたら、なんでも言うことをきいてあげます」

「あ、ァ」

両手を掴まれ、自分の尻に導かれても、咲良はまだ、踏ん切りがつかない。

自分で拡げさせられたことも、自分から挿入させられたことも、ある。けれど、嫌だ。あんなこと、もう、したくない。自尊心が、粉々になる。

咲良を躊躇《ためら》わせる理由は、それだった。

なのにその瞬間が一番気持ちがよかったことを、咲良は忘れられない。

後ろを向いた姿勢で、咲良は尻を差し出した。震える両手で、自分の尻を掴む。

「お」

それを言う時は、さすがに息が詰まった。

「お、犯、して……」

ぐい、と両手に力を入れる。引き締まった尻肉が、左右に割り拡げられる。その真ん中にある小さな恥孔が、くぱ……と淫らに口を開く。

そこまでさせておきながら、大槍はさらに咲良を嬲った。

「どこを?」

咲良の全身が、熱を帯びて紅く染まる。理性の残り火が、燃え尽きる寸前の光を放つ。

「お、尻の、孔……に、おち……ん……ち……くだ、さ、ひ、ぃぁぁっ……っ!」

すべて言い終えるより先に、太い亀頭が拡げられた孔の真ん中にずぐりと突き刺さった。押し出されるように、咲良のペニスが弾ける。

「ひぁぁっいんぅっ……！」

欲望に爛《ただ》れ、飢え渇いていた肉孔は貪欲だった。太すぎるご馳走を甘く緩やかに受け容れた直後に、きゅぅっと収斂して締めつける。

入れられる最中、咲良の性器はずっと痙攣していた。そのわななきは確かに体内にも伝わり、大槍を追いつめていた。

「……く……」

大槍が息を詰めた。根元まで突き入れたまま、暫し、腰を止める。

咲良の尻に、大槍の陰嚢が当たるほど深く、繋がっている。陰毛のこすれ合う感触にさえ、咲良は感じていた。

咲良のミルクで汚れたシンクを、大槍はふと見て笑う。気位の高い咲良を堕《お》とした悦《よろこ》びと、淫らすぎる恋人への猜疑心《さいぎしん》で、いつでも大槍の心は引き裂かれている。

「あ、熱、ぃ……奥……ぅ……っ」

暫《しばら》く繋がったまま腰を擦りつけると、咲良が物足りなさげな声を出した。大槍はゆっくりと腰を引いた。

「ふあ、ァ……ッ」

太い肉棒が、ずるると引き抜かれていく感触にさえ、咲良は啼く。蕩けた柔肉がきゅんと疼いて、太い陰茎に絡みつく。また腰が打ちつけられる。咲良はもう前立腺だけでなく、孔全体で感じるようになっていた。

「あぅぅ……ン……ふぁ、ンン……ッ」

だらしなく開かれた口の端から涎《よだれ》が溢れる。息は獣のように荒く、短い。大槍はわざと時間をかけて、熟《う》れた内壁にねっとりとこすりつけるように陰茎を動かした。

「あァ、ふっ……！」

引き抜かれていくそれを追うように、咲良が腰をすりつける。大槍が、微かな苛立ちを滲ませて尋《たず》ねた。

「誰に教えられたんです？」

「ンッ……」

前へ手を回され、二回達して濡れそぼつペニスを摑まれる。腰を打ちつけるのと同じ間隔で扱《しご》かれて、咲良は冷たいシンクに爪を立てた。

「小林って奴ですか？」

「ち、ちが、ぁあっ！」

三度目の絶頂は遠すぎた。が、射精を伴わない乾いた絶頂は、いつまでも続いた。完全に発情した雌の顔で、咲良は泣きながら腰を振る。

顔を傾けて、大槍は咲良の顎を掴み、覗きこんで嗤う。

「その顔、写真に撮りたいな」

「嫌、だ……ッ」

咲良は首を振り、それから逃れた。肉孔を穿《うが》つ律動が速く、深くなる。咲良の口から漏れる喘ぎも、間隔が短くなっていく。

「あぅっンッあぁッンッ！」

「小林の」

「い、ぁあっ！」

感じすぎている最中に急に言われても、咲良には答えられない。まともな言葉を紡ぐことさえできないのだ。

なのに大槍は、そんな時にばかり大切なことを言う。

「身代わりでも、いいから」

「や、やだ、い、あぁぁ……！」

後ろから、骨が軋《きし》みそうなほど強く抱きしめられ、息が詰まりそうになる。

秘部で、ぐちゅぐちゅといやらしい音をたてて出し入れを繰り返され、咲良は耳を塞ぎたくなる。

「俺を――――」

耳を塞ごうとして何もない空間を掻いた手を、大槍が摑んで止めた。その先の告白を、咲良は聞きたくなかった。

聞いてしまったら、離れられなくなる。

「あァ、あ――――」

熱いミルクを体内に注がれながら、咲良も乾いた絶頂に溺れる。咲良の萎えたペニスから、残滓《ざんし》がとろとろと溢れ出す。感じすぎて、目の前がちかちかと明滅《めいめつ》する。

その先に囁かれた言葉を、咲良は黙殺した。


シャワーの後ベッドへ運ばれて、昼までの間、キスだけして過ごした。

こういう休日は初めてで、嵐のような情交が終わると、咲良はもうどんな顔をしていればいいのかさえわからない。だからただ、大槍の肩に顔をうずめていた。大槍もなぜか、それだけで満足そうだった。

変なところで欲のない男だと咲良は思った。それとも、貪り尽くした後だからだろうか。髪を撫でられながら、咲良は大槍のことばかり考えていた。

自分が酷い淫乱なのは事実だと思う。けれど本当はずっと、こうしてただそばにいたいだけだった気もした。

咲良を腕に抱いたまま、大槍は含み笑いに交えて言った。

「さすがに腹が減ったかも」

「……かもじゃないだろう」

せっかく作ってやると言ったのにおまえが台無しにしたんだと、咲良は言外に大槍を責めた。

大槍は、情事で乱れた髪を手で整えて、ようやく服を着た。

「お詫びに俺が作りますよ。貴方は寝てて下さい」

「いい。私がやる」

大槍を押しのけてベッドから降り立ったものの、咲良の膝には、力がまるで入らなかった。崩れ落ちる躰を、後ろから抱きとめようとする腕を、咲良はつい、反射的に振り払う。その仕草があまりにも邪険であったためか。大槍の顔が、覿面《てきめん》に曇った。

咲良のほうも、はっとしたように目を開く。

が、謝罪の言葉を、頭の中で上手く紡げない。

わざとではなかった。それは、身に染みついた癖なのだ。理解しろというほうが無理だと知っているから、咲良は言い訳はしない。

いつもそうなのだと、咲良は自分自身に落胆する。

甘い蜜のような幸福は続かない。地面が崩れていくような不安を感じて、咲良は大槍から離れようとした。

今、離れる言い訳ならすでに用意してある。一時的にでも、大槍の姿が見えない場所に行きたかった。

足早に寝室を出ようとする咲良の腕を、大槍が摑んで引き寄せる。

「どうしてそんなに、意固地になるんです」

「…………」

違う。意固地になっているわけではない。そう言いたいのに、咲良には言えない。言いたくないのだ。

苛立ちとともに、大槍は咲良を背中から抱いた。

「貴方は、俺が好きでしょう」

他の誰かに言われたのなら、殴りつけたくなるような自意識過剰の告白だ。が、咲良は、大槍だけは責められない。

事実だからだ。

逃げようとする躰を、大槍の腕が拘束する。

「こういう話になると、いつも逃げるんですね」

後ろから抱きしめられると、咲良の体軀《たいく》は自然と強張る。大槍は恐らく、その『理由』についても深く考えたことはないだろう。ただ、今までにされたことを思えば、当然の反応だという程度に考えているはずだ。

「もう一回、犯してあげましょうか」

本気の声色で言われて、咲良の肩が震えた。大槍の、そういうところが咲良は本当は少し怖い。

逃げ出したい気分になる。

犬が、腹をすかせて鳴いている。この『告白』を終えたら、昨日大槍が買ってきたドッグフードを食べさせてやろうと咲良は決めた。もしかしたら、これが大槍との最後の遣《や》り取りになるかもしれない。そんなふうにも思った。

「なぜ人を信じないのかと、おまえは言ったな」

急に数日前の話を蒸し返されて、大槍が怪訝《けげん》そうな顔をする。咲良は、自分を拘束する大槍の腕に指先を当てた。

「昔、こんなふうに兄の膝に抱かれていた。腹違いの兄だった」

それがなんなのかと、大槍は不思議そうにしている。駄目だ、言ってはいけない、と思うのに。

咲良の言葉は、止まらない。

「ただ、可愛がられてるのだと思っていた。……性的なことが、わかる年齢ではなかったからな」

その、たった一言で。

咲良が期待した通り、大槍は、すべてを察した。瞬間、咲良は薄く嗤った。

何かが確かに、壊れたと思った。

とどめを刺すように、咲良は続けた。

「だからもう、後ろからは触らないでくれ。…………頼む」

「なんで」

大槍の声が震えている。こんなに動揺している彼を見るのは、咲良も初めてだった。異様な興奮が、咲良の身の裡《うち》に湧き起こる。もしかしたら自分は、大槍を傷つけたかったのかもしれないと咲良はようやく気づいた。

大槍が傷つけば、同時に、自分も傷つくのに。

「言って、くれなかったんですか」

「隠してたわけじゃない」

緩まった腕の拘束からするりと逃れて、咲良は一歩、前へ踏み出す。

「言うほどのことじゃなかっただけだ」

大槍の腕は追ってこない。

ざまあみろ、と咲良は嗜虐的に思う。

好きなのだ。大槍のことが。

小林に似ているからかもしれない。そうではないのかもしれない。

どちらにせよ、好きなのだ。自分は、大槍のことが。

自覚しているからこそ、優しくできない。

大槍は今、どんな顔をしているのか。いつものような、嘲笑《ちょうしょう》を浮かべているのか。どうせこの男は、何を言っても傷つきはしない。三年前に自分を犯した時から、この男は別人のように変わってしまった。

そう信じて、振り向いた時。

咲良は、息が止まりそうになった。

「どうして」

口をついて、疑問符が出た。

「おまえが、泣くんだ」

大槍は無表情なまま立ち尽くし、右目から一筋、涙を零《こぼ》していた。思わず咲良はそちらに手を伸ばす。吸い寄せられるように、そうするしかなかった。

咲良の手が腕に触れると、大槍は片手で目を押さえた。あまりにも無表情だったから、たった今見た光景は錯覚だったのではないかと咲良は戸惑う。

けれど、確かに大槍は、泣いた。

咲良のために。

「私は……」

言いかけて咲良は唇を引き結ぶ。

大きな手のひらの隙間から垣間見える表情は、確かに、咲良の知る大槍の顔だった。

大槍はもともと、優しい男だった。

優しい男だと、知っていたから。

幸せに、なって欲しかった。

「私はもう、だいぶ、壊れてる」

他に言いようがなくて、咲良は真実を告げた。

人を幸せにするための、何か、大事な機能が、壊れてしまっているのだ、と。それはずいぶんと幼い頃に決められたことで、どうしようもないのだ、と。

「多分、もう、手遅れだ」

「ずっと、壊れてればいいじゃないか」

同じように壊れた微笑みを、大槍は浮かべた。

「俺のそばで」

咲良は、大槍の腕から手を離した。

その告白は、あまりにも、重かった。

6

八坂茂尋《やさかもひろ》がそれに気づいたのは、八月の最も暑い日、ほんの些細な偶然からだった。折からの節電で、庁舎資料室のエアコンは入室するまで止められていた。

蒸し風呂のような室内は、大気中の湿度と埃《ほこり》が混ざり合う独特の臭気に包まれている。八坂はその匂いが案外嫌いではないが、じっとしているだけで汗が滴るこの気温にだけは慣れることができない。

八坂の目当ては、国際テロ組織の少し古い資料だった。六月に長野県で起きた廃校舎立て籠もり銃撃事件について、どうしても気がかりなことがあったからだ。

表向きこの事件は、『解決済み』という扱いにされていた。犯人の一味が、第三国の諜報部と繋がっていたことが白日の下に晒されたら、政治生命を危うくする者が現内閣に存在するらしいというのが一番の理由だったが、八坂の心を捕らえて離さない『疑念』は、もっと別のものだった。

(小林信士《しんじ》を射殺したのも、K国の諜報員だったよな?)

五年前、咲良の目の前で、咲良を庇って凶弾に倒れた小林信士。その顔が、八坂の頭の中で、大槍と重なって見える。

あの咲良から、絶大な信頼を得ていたのが小林信士だ。死に様までもが見事で、むしろ見事すぎて、何かが引っかかるのだと、八坂の刑事としての勘が叫び続けている。

データベースを漁《あさ》るため、ひっきりなしにマウスを動かす八坂の手に、汗が一粒、滴った。やっと空調が効き始めたが、八坂の汗は止まらない。何かが八坂を突き動かし続ける。

その疑問符の中心には、いつも小林信士と、大槍理人がいた。

(大槍は、非公式に長野へ行っている)

過激派と称する一派は、仲間割れによる銃撃戦の末に全滅したことにされているが、うち数人は確実に、警視庁内部の指示によって射殺されていることは公安内部では知られている。恐らく、大槍が帯びていた密命はそれではないかと推測された。

もう一つ、これはあくまでも『仮定』の話として、八坂の心を覆う暗雲があった。

(咲良さんは現場で、流れ弾に当たりそうになったと言っていた)

あれは本当に『流れ弾』だったのか。

それが知りたくて、八坂は鑑識が出したはずの極秘資料を探っていた。パスワードは御崎《みさき》にクラックさせた。これで御崎も一蓮托生《いちれんたくしょう》だと思うと、少し不憫《ふびん》に思わないでもない。

八坂が知りたかったのは、咲良の真横を掠めた銃弾の種類だった。過激派の用いる銃弾と、警視庁の狙撃犯が用いる銃弾が、同じであるはずがない。日付を入力し、何枚もの写真をクリックして、八坂は咲良の真横を通り過ぎた銃弾を見つけ出した。

（あった！）

思わず叫びそうになる声を殺し、八坂は食い入るように画面を見た。ああ、という嘆息が、知らずに口から零れる。

斯《か》くして咲良の真横を通り過ぎた銃弾は、警視庁のそれであった。その『流れ弾』から咲良を庇ったのは、大槍だ。

八坂は両手を顔の前で組み、額に押し当て、視界を閉ざす。

（咲良さんは、色んなことを知りすぎている――――）

その正義感ゆえに、咲良は虎の尾を踏みすぎた。

もし上層部の誰かが、咲良を始末したがっているとしたら、あの銃撃戦は、この上ない好機だっただろう。

重苦しい夏の空気の中で、八坂は精一杯の高速で頭脳を回転させる。

不思議なのは大槍である。彼はその所属と経歴から、犯人射殺の工作を命じられると同時に、咲良を暗殺することを請け負わされていたとしてもなんら不思議はない立場だったのだ。にも拘《かかわ》らず、大槍は咲良をその銃弾から庇ったという。

（いや、違う）

八坂は視点を変えた。

逆に考えれば、『そこに弾が飛んでくる』と予測していたから咄嗟に庇えたのかもしれない、と。

が、それでもまだ矛盾が生じる。大槍は、上層部からの命令に背いたことになるし、咲良自身は一体自分が何者から庇われたのか知るすべもない。咲良に恩を売る目的なら、それでは意味がない。

(大槍は、なんのためにそんなことを?)

大槍の行動には、あまりにも一貫性がない。八坂の脳裏に、一つの記憶が浮かぶ。大槍が初めて、特殊調査課に来た日のことだ。

彼は咲良の痛む足を、引っかけた。子供じみた悪意のようなものを、隠そうともしなかった。

(いや)

行動に一貫性がないわけではない。一つだけ、彼の行動にすべて関わっているファクターがあることに、八坂は気づく。

小林信士との、接点だ。

現場で、咲良に関して大槍が不可解な行動を取るのは、いつも小林信士との過去が絡む時だけだった。

流れ弾の真相は、咲良に知らせるべきだろう。が、大槍の行動については、なんと具申《ぐしん》するべきか。八坂の心に、迷いが生じる。

（咲良さんは、大槍をどう処遇するのか）

当初はあれほど拒絶した大槍を、咲良は受け容れ始めている。一度自分で突き放して、それでも突き放しきれなかったのだろう。そうして手に負えなくなったら、また捨てるのだ。

咲良のそういうところが、八坂には頭痛の種だった。一度も受け容れられなかったのなら諦めもつくだろう。が、欲しくて仕方のないものをちらつかされて、結局取り上げられたのでは大抵の男は堪らない。あれは無意識にストーカーを作るタイプだなと、八坂はこっそり、咲良を評していた。

（流れ弾について知ったら、咲良さんはどうするかね）

自分を庇った大槍に感謝をするか、或いはかつて小林に庇われたことを思い出し、気鬱《きうつ》になるか。恐らくは両方だろうと八坂は予想した。

（小林信士は外事課で、K国担当だったんだよな……）

大槍の暗躍には小林と、K国が関わっているというのが気になる。この推理は外れていて欲しいと、八坂は願わずにはいられない。

疑おうと思えば、いくらでも疑える。

それが『仕事』なのだから仕方がない。そう自分に言い聞かせて、八坂は資料の一部をメモし、パソコンの電源を落とした。

地下鉄を乗り継いで、その日八坂が降り立ったのは、都心から一時間ほど離れた私鉄駅だった。かつては都心へ通勤するためのベッドタウンとして栄えたその町も、少子高齢化の煽りを喰らい、昔とは比べるべくもないほど寂れていた。駅に降り立ち、八坂は昼間でも閉ざされたシャッターの目立つ商店街を通り抜けた。

地図は出発前に頭に入れてきている。綺麗に手入れされた垣根の目立つ、古いが品のいい木造住宅の前で八坂は足を止める。

インターホンを押す指は、躊躇うように弱かった。

「はあい」

中から若い女性の声がした。小林信士の妹、瑶子《ようこ》に会うのは、八坂は初めてだった。

「お邪魔します。先程お電話した、八坂です。突然どうもすみません」

線香の匂いのする玄関で、八坂は靴を脱ぎ挨拶《あいさつ》をした。瑶子は特に疑うこともせず、柔和《にゅうわ》な笑みを浮かべている。幸い、遺族はまだ二十代のこの妹だけだ。それを『幸い』と思わなければいけない自分の身分を呪いながら、八坂は二度、頭を下げた。

捜査令状は取れないから、八坂は旧知のふりをしてここを訪ねたのだった。小林信士、瑶子の両親は、彼らが幼い頃、東欧で死んだ。外交官だった彼らの両親は、内戦下で誘拐され、しかし政治的な軋轢《あつれき》から捜査が難航し、結果的には国家から見殺しにされたも同然の死を遂げた。小林信士の妙な正義感の強さと反骨精神は、恐らくそれに起因していたのだろうと公安内部では噂されていた。

八坂は瑶子に、信士が関わっていた捜査について聞きたいと言葉巧みに伝えた。兄が警察官僚であることは知っていたが、具体的にどのような仕事をしていたのかまでは、ごく普通の会社員として過ごしているこの妹には想像の埒外《らちがい》だっただろう。八坂が警察官であるということさえ確証が取れれば、あとは疑うことはしなかった。

客間で出された麦茶を飲み干し、八坂はおもむろに用件を切り出した。

「不躾《ぶしつけ》なお願いで本当に申し訳ありません。それで、あの、先程電話でお話しした」

「はい。通帳ですよね」

瑶子は、如何にもよく気が利く会社員そのものの仕草で、年代別に整理された通帳の束をさっと差し出した。兄の遺品は、殆《ほとん》ど手をつけず取ってあると言っていた。

そういう妹の厚意をこれから踏みにじるかもしれない痛みに、八坂は耐えて、作り物の笑顔で告げる。

「ええ。過去に機密費からの支給があったのかどうか、今ちょっと議員の先生方が気にされてましてね。まあ、仮に振りこまれていたとしても責められるのは議員の先生方です。お兄さんの名誉に傷はつけさせませんから」

額の汗を拭いながら、八坂は忙しない手つきで通帳を捲った。速読は得意だ。目星をつけていた名前は、六年前の通帳からすぐに見つけられた。隠してもその瞬間だけは、うっと息を呑みそうになる。

（里山義彦《さとやまよしひこ》。……額田真二朗の、昔の第一秘書だ）

小林信士の通帳に、里山名義で不定期に数十万ずつ振りこまれている。調べれば恐らく、個人間での金銭の貸し借りというような名目は出るだろう。表向きは綺麗な金として、遣り取りをしていたはずだ。しかしその里山も、三年前に自殺していた。本当に『自殺』であったのかは、極めて疑わしかったけれども。

押し黙る八坂の前に、新しいコップが差し出される。頻りに汗を拭うのを見て、瑶子が気を利かせて麦茶のおかわりをくれたのだろう。八坂はそれも飲み干した。

「ありがとうございます。通帳はお返しします」

「あら、お持ちにならないんですか」

「ええ。確認だけさせていただければ充分ですから」

瑶子は、兄と同じ職業である八坂を本当に信頼しているのだろう。いくら古い通帳で、残高がゼロであれ、あっさりと渡そうとしてくれるのにはありがたいような心配になるような、複雑な気持ちが八坂にはした。

ジャケットを抱え、玄関に出て、深く一礼して八坂は小林邸を後にする。

陽はすっかり西に沈んでいたが、灼熱を浴びたアスファルトは未だ熱気を放ち続けている。今夜も熱帯夜だろう。

八坂の予感は当たってしまった。

小林信士は、恐らく。

（K国諜報部と、繋がっていた）

額田真二朗は先般、別件で逮捕、拘留された。逮捕させたのは、大槍だ。今は麻薬取引法違反の疑いで拘留されているが、公安と検察の本当の目的は、K国に絡む背任行為に違いなかった。

その額田の秘書と、小林は過去に繋がっていた。しかも、金銭の授受もある。最悪だ、と八坂は天を仰ぐ。

（俺が黙っていても、いずれ遠からず明るみに出るだろうか？）

否、恐らくそれはない。額田の裁判には何年もかかるだろうし、額田自身は否認を続けている。明るみに出るのはせいぜい秘書の里山の名前くらいのはずだ。公安の面子《メンツ》にかけて、小林の名前は出させないに違いない。

（K国諜報員が、小林信士を撃ったのは……）

口封じと見て、間違いないだろうと八坂は合点した。

小林は咲良を『庇った』のではない。もともと、銃口は小林に向けられていたのだ。それがたまたま、何かの弾みで咲良に向いたか、或いは咲良が何かを錯誤しているか。

どちらにせよ、小林は白ではない。

本当に最悪だと、八坂は年甲斐もなく泣きたい気分だった。さらに予想の上を行く『最悪』が、駅の改札口で八坂を待っていた。背の高いその影は、遠くからでも目につく。

「やあ。偶然ですね」

この暑さの中、汗一つ浮かべず、大槍が八坂に向かって手を挙げた。我知らず八坂は舌を打っていた。

大槍は裏通りを指さして、気さくに言った。

「そこにコーヒーの美味い店があるんですよ。ご一緒しませんか。八坂さん、コーヒーお好きでしょう」

「麦茶のほうが好きだがな」

「そうおっしゃらずに」

ここで拒めば、もっと悪いことが起きるのだろう。ああ嫌だ、と顔を顰《しか》めながら、八坂は大檜の後をついていく。

大檜の言った喫茶店は駅裏の路地を入ってすぐの場所にあり、コーヒーが美味いというのは本当だった。店内は少し寒いくらいエアコンが効いているから、淹れたてのホットでも愉しめる。真夏には最高の贅沢《ぜいたく》だが、その程度で晴れるほど八坂の苦悩は軽くはない。奥のボックス席で向かい合い、涼しい顔をして大檜は熱いコーヒーを一口、飲んだ。

「八坂茂尋」

突然フルネームを呼び捨てにされて、八坂の眉がぴくりと吊り上がる。大檜はコーヒーの水面を見下ろしたまま、淡々と続けた。

「あなたほど真っ白な経歴の官僚も珍しい」

「そりゃどうも」

俺はおまえらみたいな怪物とは違うんだと、八坂は心で毒突いた。八坂には別段、深い欲はない。ただ、まともな仕事をしたいだけだ、と。

怪物は八坂の目の前で、綺麗な顔で笑っていた。

「けれど、白を黒くすることもできますよね。貴方にだってできるでしょうし」

「脅しなら無駄だぞ」

低く、八坂は恫喝《どうかつ》には恫喝で応えようとした。ならばこちらにも考えはあるぞ、と暗に言い含めたつもりだった。この時まで八坂は、大槍は完全に上層部側の人間だとまだ信じていたのだ。

しかしそれは、厳密には間違っていた。

大槍は笑ったまま、初めて真実を口にした。

「これ以上咲良さんを傷つけるものは、俺が全部、消してあげますよ。きちんと、合法の範囲内でね」

「え、あ……？」

思わず間抜けな声が、八坂の口から出る。意味が、わからなかったのだ。俄《にわか》には。少し考えてその『意味』に気づいて、八坂はぞっと背筋を粟立てた。

「あ、あんた……」

大きく見開かれた八坂の目を、大槍が見返してくる。大槍はもう、八坂に対し、それを隠そうとはしていなかった。

「俺は、そのためだけにここへ帰ってきたんですよ」

本気、というより正気かと、八坂は聞きたかった。本当に、ただそれだけのために。男が男に、

そんなことをするのか、というのが、八坂の生きてきた常識では考えられなかった。

「あ、あの人は」

いくら綺麗な顔をしていたって、咲良は男だ。男なのだと、おまえは本当にわかっているのか。

八坂は大槍に、聞きたかった。

「あの人は、あんたに応えてはくれないぞ。絶対に」

「それが何か？」

本気で意に介していない声で大槍は言った。八坂のコーヒーカップだけが、小刻みに震えている。

「与えてくれないなら、奪えばいいじゃないか」

まるで無垢《むく》な子供のように、大槍は答えた。それは狂気だと八坂は思った。酷く薄暗い。

これで八坂の中で、大槍の行動が繋がった。

小林が裏切っていたことを、咲良に知らしめない。

ただそれだけのために、大槍は行動していたのだ、と。

（そんな……）

そんな『優しさ』があるかと、八坂は唾棄《だき》したかった。女、子供でもない上司に、そうすることが優しさであるはずがないだろう、と。職務上の背任行為である以上に、八坂にはそれが、どうしても受け容れられない。

或いは、無意識にそれをさせてしまった咲良の弱さを責めたいのかもしれなかった。

最後に大槍は、念を押した。

「小林信士の裏切りを、今さら咲良さんに話す意味があるとお考えなら、どうぞご自由に」

自身がリスクを背負ってまでそうする意味があるのかと、暗に大槍は八坂に問うている。その質問に対する八坂の答えは、一つだ。

八坂は苦渋に顔を歪め、目を伏せた。

◆◇◆

その日、夜が完全に更けてから、八坂は咲良と密会した。迷っている時間はないと思った。迷えば、それだけ利を失う。大檜からの妨害を避けるには、今日しかないと八坂は判じた。

庁舎の会議室は、九時を過ぎれば空調も落とされ、むわりと暑くなる。窓を開け、外気を取り入れて、八坂はようやく一息ついた。

八坂から大檜について聞かされた咲良は、些か拍子抜けがするほど冷静に見えた。少なくとも八坂の目には、そう映った。

「あんたは俺たちの上司だ。知っておかなくちゃいけねえこともある」

そう前置きして、八坂は強く咲良に告げた。

「大檜理人を、遠ざけてくれ。あいつは駄目だ」

蛍光灯の灯《あか》りが、時折点滅する。古くなっているのだろうか。庶務に言わないといけないなど、八坂はどうでもいいことに気を取られそうになる。多分、自分でも無意識に、真正面から向かい合うことを避けたかったのだろう。

何が『駄目』であるのかは、八坂にも上手く言えない。

小林のことを完全に伏せて、大檜の狂気を説明するのは難しかった。少なくとも大檜には、咲良に対する害意はないのだ。むしろその逆で、大槍は身を挺《てい》してでも咲良を守るだろう。

それでも『駄目だ』と感じ取った自分の勘は、絶対的に正しいとの確信が八坂にはあった。八坂は、忌憚《きたん》のない本音を咲良にぶつけた。

「狂ってやがる」

薄闇の中で、動かなかった咲良の視線が微かに揺れる。

知ってる、とその眸《ひとみ》が語っていた。

なぜ、と理由さえ聞かない咲良に、先回りして八坂が釘を刺す。

「理由は言えません。察してください」

「………」

咲良はさっきから一言も口をきかない。少なくとも、八坂の進言が無茶苦茶なものだとは思っていないのだろう。

暫しの沈黙の後、咲良は重い口を開いた。

「少し、考える時間をくれ」

八坂の顔に、少し責めるような色が浮かんだのを、咲良が見落とすはずもなかった。小林のことさえ絡まなければ、咲良は冷静だ。小林に付随する、大槍のことでさえ彼は取り乱したりはしない。

それだけ小林だけが、咲良の中で『特別』なのだろうと八坂は理解する。大槍が歪む理由が、手に取るようにわかる。

言い訳のように、咲良は付け加えた。

「こちらも大槍には色々と弱味を握られていてな。すぐには動けないんだ。しかし、必ずなんとかする」

「わかりました」

咲良にそうまで言われれば、八坂には引き下がる他にない。今の八坂は、咲良の理性を信じたかった。

7

深夜、咲良は自分から大槍をベッドに誘った。犬も吠えない、静かな夜だった。大槍に拾われ、結局済《な》し崩しに咲良の部屋で飼われることになった犬は、咲良と大槍が留守にしている昼間、ドッグトレーナーの訓練を受けて、すっかり飼い犬らしい落ち着きを身につけ始めている。今はリビングに設《しつら》えられたケージの中で、安らかに眠っているのだろう。

犬のいる暖かい部屋はまるで、咲良の知らないどこか別の家のようで、咲良を落ち着かなくさせる。

ずっと独りで暮らしてきた、あの冷たい部屋が咲良にとっては日常だった。居心地は悪くないはずなのに安らげないのは、あまりにも咲良がそれに慣れていないためだ。

咲良は温もりを知らない。唯一『知っていた』のは、いつもそばにいた小林の微かな体温だけだった。

「どうしたんです？」

小林によく似た、優しい声が頭上から降ってくる。ベッドに跪き、自ら大槍のものを銜える咲良の髪に、大槍の手がそっと置かれる。声も、指の形までもが、大槍は小林に似ているのだ。咲良は懸命に、小林の影を脳裏から振り払おうとする。

ぐぷ、と喉まで深く、咲良が大槍のものを含む。口をききたくないから、それで口を塞いでしまいたかった。

大槍が、怪訝そうな顔をする。が、きっとそれも演技で、彼は知っていて知らぬふりをしているのだろうと咲良は思う。

「何かあったんですか。今日の貴方、おかしい」

「……ふ……ッ」

咲良は確たる言葉では答えずに、陰茎を銜えたまま、吐息で答える。『なんでもない』と。

大槍もそれ以上は追及せず、滅多《めった》に味わえない咲良の愛撫を堪能する。

「ン…ん……」

咲良の舌が、屹立の上を忙しなく行き来するのを、大槍はうっとりと眺めていた。

「美味しそうに舐めますね……」

咲良の耳が紅いのは、羞恥のためではなかった。欲情している所為だ。

「これが好き？　咲良さん」

答える代わりに咲良は、丸い亀頭に強く吸いついた。ちゅく……ッ……と卑猥《ひわい》な音がする。綺麗な頰の形が歪むほど深く、咲良はそれを銜えていた。初めて、大槍が息を乱した。

「そんなにしたら、口に出してしまいますけど、それでも……？」

言われて咲良は一旦それを口から出し、手で扱いた。唾液に濡れた陰茎が、咲良の手のひらでぬちゅくちゅと音をたてる。

大槍は咲良の後頭部に手をやり、再び咲良の口に自身をねじこんだ。

「ン、ぅっ……」

喉を突かれて、咲良が呻く。が、吐き出すこともなく、咲良はその熱い迸《ほとばし》りを口唇で受け止めた。

どくっ、どくっ、と脈打つのと同じ速さで噴き出すそれを、咲良は喉を鳴らして飲んだ。飲むのは、初めてではない。夜毎放っても、大槍のそれは喉に絡みつくほどに濃い。

大槍のそれを飲み下し、咲良はその残滓をも吸い出した。垂れ落ちる雫《しずく》を一滴残らず舐め取り、綺麗にする。

気位の高い咲良らしくもない奉仕的なセックスに、大槍は興奮しているようだった。たった今射精したばかりなのに、血管がびくびくと震えている。

「なんでこんなことを？」

「私が、したいからだ」

きつい視線で、咲良が大槍を睨《ね》めつける。

今度は咲良のほうを愛撫しようと、大槍が咲良の腕を取った。柔らかなベッドに組み敷かれながら、咲良は不意に尋ねた。

「おまえ」

（小林の）

その名前は、出さない。出すことを、咲良は躊躇った。

「何を知ってる？」

大槍の目が、優しく咲良を映している。咲良の肉体を支配した彼は今、この上なく幸福そうだった。

「何も」

自分の頬に触れてくる咲良の手のひらに、大槍は自分の手を重ねる。

「何も、知りません」

（嘘だ）

咲良は、八坂の話の中に含まれていた傷の匂いを、敏感に嗅ぎ取っていた。自分に傷があるとしたら、それはたった一つ。小林のことだ。そして八坂は、大槍を遠ざけろと言う。正しい進言だと、咲良自身でさえ思う。

咲良はその狂気に、引きずられている。

薄暗い予感がする。考え続けたらきっと何かよくないことが起こる。咲良はただ、そこから逃げ出したい気持ちで一杯になる。

（小林――――）

妙に明るい思い出ばかりが、脳裏に浮かぶ。小林は咲良の、たった一人だった。たった一人、心を許した友であり、想い人だった。

小林は、正義だった。

正義だった、はずなのだ。

そこまでで咲良は思考を停止した。

だからもしも小林に関して何か悪意ある情報が出るとしたら、それは世界のほうが間違っているのだと咲良は信じたいのだ。

「ふぁ、アッ……」

「自分で慣らしたんですか？　いやらしいな……」

正常位で抱こうとする大槍を突き放し、咲良は自ら大槍の下肢を跨いだ。自ら拓《ひら》いた恥孔の中に、太い肉杭が刺さってくる。

咲良は、大槍が怖い。これ以上小林と大槍を重ねてしまう自分が嫌だ。

だから、離れたい。離れたいはずなのに、肉体は深く繋がっていく。

腰を落とすと、ぬるりと奥まで入りこむ。一度深くまで含んだそれを、咲良は膝立ちになることで引き抜き、浅いところで味わった。

「あッ……ンッ……」

入り口の一番きつい窄まりで亀頭を銜え、吸いつくように締め上げる。時折、腰を捩り、全体を揺らす。咲良のいやらしい腰振りに、大槍のものが大きさと硬さを増す。

「あ、ァッ……奥、ぅっ……」

細い腰を摑まれ、無理矢理下へ落とされる。ずぐりと柔らかな肉孔を掘られて、咲良は甘ったるく啼いた。やはり、自分で腰を振るより、そうやって犯されるほうが悦《よ》かった。

(離れ、られない――)

精神の代わりに、肉体は酷く正直に大槍と繋がりたがる。誰か、何か、もっと強いもので引き離されないと、もはや離れることも叶わなくなっている。

誰か引き離してくれと、咲良は狂ったように願った。

「こ……」

小林、と喉まで出かかった声を、咲良は奥歯で嚙み殺した。

◆◇◆

咲良が差し出した書面を見た途端、大槍は目を見開いた。本気で、何が起きているのかわからないというような顔だ。明るい朝の日射しが、会議室の床を照らしている。軽く舞い上がる埃が光に照らされ、輝いている。

咲良が大槍に突きつけたのは、異動の辞令だった。それも、大槍に対するものではない。咲良自身に下されたものだ。

来月一日付で、咲良敦成《あつなり》警視正は内閣府調査室に異動。

それが辞令の内容だった。

呆然《ぼうぜん》としている大槍に、咲良は告げた。

「これで、いいだろう」

最初、わざと主語を省いて咲良は言った。

「これで、おまえはもう私を、追えない」

咲良は、わざと酷薄《こくはく》そうに笑った。それはずっと、大槍のものだった。大槍が浮かべていたはずの、笑いだった。

咲良は自分の卑怯さを十全に自覚している。それによってさらに深く大槍を傷つける。それでも、あえてその方法を選んでしまう。

(おまえが、悪いんだ)

どうでもいい相手にならいくらでも優しくできる。そうさせてくれなかったのはおまえじゃないかと、咲良は徹底的に大槍を責めたかった。

咲良は大槍と目を合わせない。現実を、見たくないのだ。見るのが怖くて、本当はずっと逃げ出したかった。それをしなかった理由は、一つだけだ。

もちろんそれで容易く引き下がる大槍ではない。「まさか」とすぐに軽く肩を竦めて、咲良の逃げ道を塞ごうとする。

「それくらいで俺から逃げられるとでも?」

咲良は辞令を持っていないほうの手をポケットに入れ、視線を床に固定している。大槍は、自身の優位を信じて疑わないのか。少しも焦燥《しょうそう》を見せてはいなかった。

「軽犯罪の加害者にしてあげますよ。児童ポルノ法違反なんてどうですか。内閣府どころか、再就職もできませんよね。どこにも行けない、働けないようにしてあげます。そしたら」

そしたら、貴方は。

その先を言いかけて、大槍は初めて口を噤《つぐ》む。その先を言えるほどの素直さはもうとっくに大槍の中から失われていたのだろう。

言わせるだけ言わせてから、咲良はやっと視線を上げた。

「今の、録ったぞ」

カチリと、咲良のポケットで金属が触れ合う音がした。大槍の拳が、微かに震えた。

「データも転送した。取り上げても、遅い」

「はは……」

虚脱したような、歪んだような笑みが大槍の口から零れる。

「俺も、警察をやめると言ったら？」

「それは駄目だ」

そこだけはやけに謙虚に、大槍の目を見て咲良は言った。

「おまえは、続けてくれ。私は」

それは咲良の、紛れもない本音だった。

「お前の力を……信じている」

大槍が初めて、眉を歪めた。

大槍は、咲良を愛してはいても、信じてはいない。

信じるという言葉はくれても、愛してはくれない咲良の細い首に、大槍の手が伸びる。

「あんた」

声は微かに震えていた。

「本当に、酷い」

「そうだな」

咲良もそれは否定しなかった。否定のしようがないのだ。

「俺の気持ちなんか、あんたは一度も考えてくれたこと、ないだろう」

「すまない」

大槍に首を摑まれているため、頭を下げることは叶わないが、それができるなら咲良はそうしていた。大槍らしからぬその求め方に、瞬間、心は揺らいだ。が、咲良にはそれを、どう伝えていいのかが終《つい》ぞわからないままだ。

「或いは私が、警官をやめて、おまえに全部託したら、おまえは私の傀儡《かいらい》になってくれるか？」

「そんな気もないくせに……」

「あるよ」

怒りも恨みも隠さない大槍に、咲良はさらに残酷なことを言った。

「おまえが、私の代わりに」

もしかしたら自分はここで、大槍に殺されるかもしれない。咲良はそう覚悟した。特殊調査課の課員はまだ誰も登庁してきていない。そういう時間を、咲良は選んだ。

「小林の代わりに、警察を変えてくれるのなら」

咲良を『こちら側』に繋ぎ止めた唯一の理由を、咲良は口にしてしまった。それは二人だけの夢だ。二人でしか共有し得なかった幻だ。その『二人』の間に、大槍は永遠に入れない。

咲良にとってそれだけが、捨てられない何かだった。

「貴方を」

咲良の首を摑む大槍の手に、さらなる力が籠められる。

「縊《くび》り殺したい気分だ」

気道を締め上げられ、咲良の息が徐々に苦しくなる。

「いいんですよ、あの日みたいに、俺を小林と呼んでも」

「……ッ……」

咲良は締め上げられながら、首を振った。大槍は、さらに強く首を絞める。

「そうすればいいじゃないか、ほら」

多分、昨日抱かれた時も大槍は、咲良の唇が小林を呼びかけていたのに気づいていた。鬱積《うっせき》した想いは、いつか暴発するであろうことは容易に予測できたはずだった。視界が暗転する。咲良はそのまま気を失った。このまま大槍の手の中で死にたかった。

咲良は最後に、扉が開く音を聞いた。「やめろ」と制止する声もだ。

「……だったらすべて、知ってしまえばいい」

しかし最後に聞いたその声が八坂のものだったのか、それとも大槍のものだったのかは、咲良には判然としなかった。わからないまま、意識は遠のいた。


次に目を覚ました時、咲良の目の前には八坂の顔があった。見回しても、大槍の姿はない。咲良を置いてどこかへ消えたのだろう。咲良は八坂のジャケットを枕にして、会議室の床に寝かせられていた。

咲良が目を覚ますと、八坂がほっと安堵の溜め息をつく。

「あんまり無茶しないで下さいよ。他の連中の目もあるんだ」

「……ああ」

短く答えて、咲良は床から上体を起こす。覚束《おぼつか》ない足取りで、そのまま何事もなかったかのように立ち去ろうとする咲良を、八坂が止めた。

「やっぱりあんたは、知らないといけない」

何を、と咲良が視線で問う。八坂は自身の携帯端末を開くと、咲良の前に突きつけた。

「小林信士は、ダブルスパイだった。K国と公安との間を、股に掛けてたんだよ」

咲良はそれを、遠い国の出来事のように聞いていた。

(でも)

咲良の脳裏に、あの日の記憶が蘇《よみがえ》る。膝裏に受けた銃弾の痛みとともに、それは甘美に、全身を駆け巡る。

(私を、守って、くれたのは、事実……)

「違う」

八坂が、咲良の内心を読み取ったかのようにその幻想を打ち砕いた。大槍でさえ砕けなかった咲良の認識を、正すために。

「もともとK国の諜報員が射殺したかったのは、小林だ。あんたはあの時、たまたま巻きこまれただけだ」

これが証拠だと、八坂は小さなディスプレイに小林の捜査記録を映し出した。内偵はすでに進んでいたのか。

小林が、当時の内閣とK国の両方から金を受け取っていた事実が映されていた。

「あ、あ」

だったらなんのために、と咲良は喉まで迫り上がる言葉を呑みこむ。最後まで一番知りたくなかったことから逃げようとして、咲良は畢竟《ひっきょう》、失敗した。

小林はその理想とともに、咲良の中で二度死んだのだ。咲良は両手で頭を覆う。

（小林、小林、小林……）


『トラウマとコンプレックス』


大槍の声が、小林の声となって咲良の中に蘇る。

『貴方、いるだけで他人にそういうものを植えつける』

それを小林に抱いていたのは、自分のほうだったのに。小林はなぜ、そんな愚かなことをしたのか。今となっては知る由もない。

気がつくと八坂の姿が消えていた。代わりに、もっと細く長い陰影が傍らに佇んでいた。

大槍の、影だ。

咲良は無意識にそちらに手を伸ばし、縋りつく。

「こ、ばや、し？」

呼びかける咲良の目は虚《うつ》ろだ。問いかける声は掠れる。

「何を、信じたら、よかった、んだ」

「俺を、信じて」

自分を小林と呼ぶ咲良を、大槍はもう否定しない。

「俺は、俺だけは、貴方を裏切らない」

その声は甘く、咲良の鼓膜に沁みた。

そうだ。その通りだった、とやっと咲良は気づく。

(大槍、だけは)

今までに、ただの一度も、自分を裏切らなかったじゃないか。自らに言い聞かせるように、咲良は心で繰り返す。犯されたことはもう、裏切りのうちに数えられなくなっていた。

「は……あ、はは……」

泣きながら微笑んで、咲良は大槍の胸に顔をうずめた。

「大槍……おお、ゃ、り……」

「はい」

拙《つたな》い口調で名前を呼ばれて、大槍が甘く微笑んで応える。もう『小林』と呼ばれる不安はないのだから、大槍はいくらでも咲良に優しくできた。小林の亡霊は今度こそ死んだ。ざまあみろ、と大槍はほくそ笑む。

大槍の手が、咲良の乱れた服の中に忍びこんだ。咲良はそれを甘受《かんじゅ》する。ズボンからはみ出したシャツの中で、夏でも冷たい手のひらが蠢く。背中から脇腹を撫でられて、咲良はぞくりと肌を粟立たせた。

「う、ぅ」

ベルトが外され、下肢を露にされる。今、何時なのか。会議室に鍵はかかっているのか。もはや咲良には、どうでもよかった。見られて破滅するのなら、それでよかった。咲良にはもう、大槍のことしか考えられない。

「ン、む……ッ」

乱暴に唇を塞がれて、呻きながら咲良は大槍の肩に爪を立てる。キスより欲しいものがあるから、盛りのついた雌犬のように自ら腰を擦りつける。

下ろされたズボンと下着は、膝の辺りで丸まった。剝き出しにされた恥部に、外気が冷たく感じられる。熱くなったそこに、外気の冷たさは救いですらあった。

「あ、ァ」

後ろから、大槍の両手が咲良の尻肉を摑む。女のように柔らかくはない膨らみをやわやわと揉まれ、時折左右に拡げられて、咲良は焦れったさに身を捩る。拡げられると、いつも男を銜えこんでいる淫蕩《いんとう》な孔が、露になってしまう。

「う、ふぅうっ……」

外気に触れたそこが、ヒクついているのが自分でもわかった。大槍の指が、時折悪戯にそこを掠める。まだ乾いたままの窄まりの皺を中指の腹で押し、円を描くように丸くなぞる。

早く、もっと、太いのが欲しい。

咲良は喉まで出かかった欲望を飲みこんだ。

「や、は……ッ」

指が、恥部から離れていく。代わりに手のひらは、咲良の胸元を探った。乳首をつままれ、引っ張られて、咲良は吊り上げられるように胸を突き出す。

「い、ゃ、だッ……」

「何が嫌？」

子供に聞くように、大槍が尋ねる。咲良はかぶりを振るばかりで、答えない。

「女の子みたいに乳首弄られるのが？」

「ん、ひっ……！」

もう一度強く引っ張られて、咲良は声を詰まらせた。大槍の頭を掻き抱き、もっと、とねだるようにその髪にキスをする。

耳元で、大槍が咲良に何事かを囁いた。咲良は酩酊《めいてい》したような視線を彷徨《さまよ》わせ、やがて言われた通りに彼の名を呼んだ。

「理、人……？」

「そのほうがいいな」

心から満足げに、大槍が呟く。

「名前で、呼んで。そのほうが、うれしい……」

「ん……理、人……」

名前を呼ばれた途端、大槍の愛撫が優しくなる。

それは大槍がずっと、咲良に呼ばれたかった名前だ。そして、咲良がずっと、呼びたかった名前でもあった。小林信士としてではなく、大槍理人として。

「ふ、あぁっ……」

「可愛い……敦成……乳首まで勃起してる」

「ンぅぅッ……！」

硬く凝った乳首をつままれ、コリコリと揉みこまれ、咲良は身を捩った。

「あの咲良敦成警視正が、こんな格好で、乳首勃起させて、ちんぽ突き出して喘いでるって、皆に教えたい気分だ」

「は、ふ……ッ」

何か、酷く嬲られていることはわかる。が、今の咲良には抗う気力もない。これは、大槍の声だから。大槍の指であり、性器だから。

剝き出しにさせた陰茎に、大槍の口唇が吸いついた。砂漠で飢え渇いた人が水を啜るように、大槍は咲良のペニスを啜る。

口の中で皮が引きつれるほど強く吸われ、絡みつく熱い舌でヌルヌルと舐め回され、先端の射精口にまで尖らせた舌先をねじこまれ、咲良は乱れに乱れた。

「ひ、ぃっ……い、あァ……ッ!」

ただでさえ感じやすい雄蕊《ゆうずい》が、好きな男の口の中で欲情に濡れそぼっている。好きではない男にしゃぶられても、感じた。ましてや好きな男にされるそれは、咲良の理性を完全に壊した。

「敦成のミルク、口に出して……」

「い、う、あぁアッ……!」

言われるままに咲良は、大槍の口に思いの丈をぶちまけた。理性の瓦解《がかい》した咲良は、酷く素直だった。宙に伸ばされた爪先がきゅっと丸められ、痙攣を繰り返す。それとまったく同じリズムで、咲良のペニスも精液を漏らしながらヒクついていた。

口に出されたそれを、大槍は飲みこまず、指に絡めた。そして。

「う、ンン……ッ」

精液にまみれた指を二本揃え、大槍は咲良の尻肉の奥を探った。散々男を味わってきた咲良のそこは、柔らかく口を開いて指を飲みこむ。

大槍は両手を使い、その孔を左右から目一杯拡げ、中の紅い媚肉までもを覗きこむ。咲良が協力的だったからこそできることだった。

生々しく脈打つ太い屹立を、その紅い孔に近づける。咲良は無意識に息を吐いていた。

「ンひぃぃっ！」

ズリュ、と奥までねじ込まれ、咲良が悲鳴にも似た嬌声《きょうせい》をあげる。中の媚肉は熱く蕩けていた。大槍の陰茎の熱が移ったかのように、そこは熱く疼き、蠢いている。

「あァ、ひっ、んぅっふぅ……！」

（熱い……熱い……っ）

咲良を貫くそれは、いつものように焦れったい動きはしなかった。鉄の杭のような硬さで媚肉を突き上げ、絡みつく媚肉にも構わずに引き抜く。

「やぁぁ……っ……同、じ……とこ……っ」

大きすぎる亀頭で、肉孔の一番感じる箇所を何度も突き上げられて、咲良は軽く抗議する。そこを硬い丸みで捏《こ》ねるように突かれると、咲良は乾いた絶頂を止められなくなる。二度、三度と続けて射精できない咲良はただ、とろりとした蜜を濡れた亀頭の先から溢れさせるしかない。それは咲良の知らない、女の絶頂によく似ていた。果てがないのだ。下腹部が痺れ、肉棒を含んだ恥孔が際限なく痙攣し、雄蘂《ゆうずい》に吸いつく。

甘ったるい喘ぎをあげて、大槍の陰茎に犯された咲良が乱れ狂う。以前は形ばかりでも保っていた体裁がすべて崩れ去り、獣の本性が剝き出しになる。大槍はそれを、悦んだ。

「中に、出しますよ……ここに、かけてあげる」

ここ、と大槍が躰の中で示したのは、咲良が身悶えたあの部分だった。そこに亀頭を押し当てて、大槍は予告した。

「あ、待っ……」

待ってくれ、と言いかけた咲良の抗議はキスで塞がれた。咲良にのしかかり、体重をかけてその動きを封じて、大槍は咲良のその部分に熱い白濁を浴びせた。

「あァ、ひぃっ!」

激しすぎる奔流《ほんりゅう》のようなその射精を体内に感じて、咲良の口からはしたない声が漏れる。一度は萎えた咲良のペニスがびくんと跳ね、もう出ないはずの蜜液をピュッと吐き出した。

「銜えたまま、勃たせて下さい。もう一度、ここに浴びせてあげますから」

「い……あぁぁ……ッ」

深く挿入されたまま言われて、咲良は無意識に言われた通りにしてしまう。自ら腰を蠢かし、二人分の精液でぬめる肉孔を淫らにヒクつかせ、大槍の欲望を煽る。

「ふ……ッ……う、……ンッ……」

大槍のものを抜ける寸前まで引き抜かせ、亀頭だけを淫孔の入り口で銜え、チュッ……と吸うように締めつけると、大槍は気持ちよさそうに息を吐き、再び陰茎を硬くさせた。

「それ、いいですよ……」

咲良を犯し、その髪を撫でながら、大槍は聞いた。

「ずっと、名前で呼んでくれますか……？」

「ン……ん……」

大槍にしがみついたまま、咲良が頷く。繋がる肉のすべてが、大槍を溶かしていく。

咲良だけでなく大槍も、無上の幸福に感じ入っていた。

8

風が強く吹いていた。庁舎へと向かう道中、その日、二人が肩を並べたのは本当に偶然だった。大槍の肩は、八坂のそれよりだいぶ高い位置にある。

二人きりで話す機会など、きっともうないだろうから、八坂はその日、最後まで口にできなかった真実を大槍に告げた。

「あんた、一つだけ罠を仕掛けた」

「なんのことです」

大槍の歩調は緩まない。ただまっすぐに、咲良のいる庁舎を目指している。内閣府に異動した咲良に、今月、大槍もついていく。二人とも栄転であることは間違いない。

八坂は口の中が埃でざらざらするのを感じた。マスクをしてくればよかったと思った。

「小林が、咲良さんを庇ったのだけは真実だった」

八坂の指摘にも、大槍は顔色一つ変えない。構わず八坂は続けた。

「額田の取り調べをしてる検事はな、俺の大学の同期だ。奴が俺にこっそり言ったよ。司法取引で、額田が吐いた。あの時、邪魔だったのは小林じゃなくて、やっぱり咲良さんのほうだったってな」

銃口は最初から咲良を狙っていた。小林は、身を挺して守ったのだ。咲良が信じていたように、咲良を。

咲良の信じていた小林信士は、幻などではなかった。小林信士は、国に背いても咲良にだけは最後まで背かなかった。

なんらかの情報と引き替えに、その真実は永遠に明るみには出ないのだろうと八坂は付け足した。

まるで我が事のように悔しそうに、八坂は吐き捨てた。

「小林は上層部は裏切っていたが、咲良さんのことだけは、裏切っていなかったんだ」

「そうですね」

酷くあっさりと、それこそ天気の話でもするように。

大槍は、笑顔で肯定した。八坂が、やっとの思いで辿り着いた真実を。

立ち止まり、八坂を見据えて大槍は言った。

「でももうそんなこと、どうでもいいじゃないですか」

風の中で八坂は立ち竦む。突風に足を取られまいとするように、アスファルトを踏みしめる。

「さよなら、八坂さん。お世話になりました」

八坂を置いて、大槍は再び、歩き出す。

これを咲良に言えば、今度こそ自分も消されるのだろうと八坂は思った。きっとこれこそが、大槍が最も『隠したかった』真実だろうから。

庁舎の入り口に、大槍を待つ咲良の姿があった。咲良は、柔らかく微笑んでいる。以前はそんなふうには笑わなかったことを思えば、咲良は今、間違いなく幸福なのだろう。

小林にさえ見せられなかった、人を信じきった笑顔だ。

咲良は今、大槍だけを見つめて、大槍だけを信じきっている。

ただ、大槍の望み通りに。

あとがき

お久しぶりです、水戸 泉です。今年二冊目の単行本です。どんどん書くのが遅くなっているうううう!! そんなしょっぱい内情はともかく、『陵辱の再会』、こうして無事に出せてうれしいです。

もとは健やかだった大型年下ワンコが、受の天然すぎる仕打ちに心を病んでヤンデレと化して再び姿を現す、そんなお話です。

悪気はまったくないどころかむしろ善意だったんだけど、呼吸して歩いているだけで攻の心を傷つける、そんな受です。ああ楽しかった! 三次元での共依存はノーサンキューですが、二次元ならいいですね。ていうか最近友達がやたらと「人間は一人で生きるべきだよ」とか言い出して、いやもうちょっと夢を見ようよ! とつっこんだよ。他人に依存はしたいけど自分が依存されるのは重いから嫌なんだよとか、そういう生々しい本音はぶちまけなくていいよ! 楽しい陵辱BL小説のあとがきで、わたしは一体何を言っているのか。陵辱と依存は二次元に限るという話かっ(まあその通りですけど)。

BL小説の攻には無尽蔵の甲斐性があるから、受が全力で依存しても平気ですよ! あとしばしばBL小説の攻にはオイルマネーがある(※注※本書の攻にはありません。I種国家公務員としての給与で生活してます。国家の犬であり受の犬です）。いい響きだな、オイルマネー。オイルダラー。この空前の円高も、きっと攻がなんとかしてくれるんだよ（※注※本書の攻にはそのような権力はありません、すみません。）……割れまくってるわたしの外貨預金とかも、きっと攻が……そんなふうに考えると心が明るくなりますよね。おまえの預金なんかどーでもいいよと言われれば確かにその通りですし、わたしも他人の外貨預金が割れていたら明るく元気にそう言いますすね。更に言うならわたしの書く攻は、絶対に他人の外貨預金の心配なんかしませんね。そんな性格のいい攻はほとんど書いた記憶がないです。受一筋ですね。受の外貨預金が割れてたら「だいじょうぶ。貴方のために、この俺が身命を賭して円安にさせます」とかきっと言ってくれる。

俺……生まれ変わったらBLの受になるんだ……。

話は変わりますが、わたしは昔から思想的にレフトウィングな人を観察するのが大好きで、この小説の中にもあさま山荘事件を元ネタにしたエピソードが入っていたのですが、諸般の事情で削除しました。最近流行りの、表現を規制されたとかではなくて、どう考えても要らないだろう、浮いてるだろう、このエピソード、という自主規制で。左翼運動とBLは親和性がとても低い。かといって右翼活動とBLの親和性が高いかと言えば決してそんなこともなく、BLと一番相性がいいのは新自由主義だよなという結論に達しました。おまえは何を言っているのかとわたしも思います。他人が言っていたらわたしも明るく元気にそう言います。

最後になりますが、美麗なイラストを描いて下さった亜樹良のりかず様、本当にありがとうございました。妖艶とかそういう表現がしっくりくる、華麗な描線だと思います。なのにあとがきがこんなんで何かすみませんというか、本文はこんなではないので大丈夫、本文とイラストの間に齟齬はありません。

担当T様、いつもいつも蕎麦屋の出前ですみません……（「今送ります」と言ってなかなか届かない……）。蕎麦屋、やめたい。わたしは一体どんな水と粉で蕎麦を打っているのか……。私信になりますがTさん、うちの犬はとても可愛いので撫でに来ればいいと思います（笑）。

それではまた、次の本でもお会いできたら幸いです。このエピソードがよかったとか、ここはもう少しこうして欲しかったとか、そういうご感想などいただけると今後のわたしの迷走が防げていい感じですので、よろしければ是非お寄せ下さい。

二〇一二年　夏　　水戸　泉

初出一覧

陵辱の再会　／書き下ろし

ビーボーイスラッシュノベルズを
お買い上げげいただきありがとうございます。
この本を読んでのご意見・ご感想をお待ちしております。

〒162-0825 東京都新宿区神楽坂6-46
ローベル神楽坂ビル4階
リブレ出版(株)内 編集部

リブレ出版WEBサイトと携帯サイト「リブレ+モバイル」でアンケートを受け付けております。
各サイトにアクセスし、TOPページの「アンケート」から該当アンケートを選択してください。
ご協力をお待ちしております。

リブレ出版WEBサイト http://www.libre-pub.co.jp
リブレ+モバイル http://libremobile.jp/
(i-mode, EZweb, Yahoo!ケータイ対応)

SLASH
B-BOY NOVELS

陵辱の再会

2012年9月20日 第1刷発行

■著 者 水戸 泉

■発行者 太田歳子
■発行所 リブレ出版株式会社

〒162-0825 東京都新宿区神楽坂6-46 ローベル神楽坂ビル
■営 業 電話/03-3235-7405 FAX/03-3235-0342
■編 集 電話/03-3235-0317

■印刷所 株式会社光邦

Printed in Japan
ISBN 978-4-86263-984-4